孩子们必读的诺贝尔文学经典

# 米嘉之恋

【俄罗斯】I.蒲宁◎著　王虹霓◎译

·蒲宁卷·

北京联合出版公司
Beijing United Publishing Co.,Ltd.

### 图书在版编目（CIP）数据

米嘉之恋 /（俄罗斯）蒲宁著；王虹霓译. -- 北京：北京联合出版公司，2015.2（2023.2重印）
（孩子们必读的诺贝尔文学经典）
ISBN 978-7-5502-4485-6

Ⅰ. ①米… Ⅱ. ①蒲… ②王… Ⅲ. ①长篇小说-俄罗斯-现代②短篇小说-俄罗斯-现代 Ⅳ. ①I512.45

中国版本图书馆CIP数据核字（2015）第010883号

### 米嘉之恋

作　　者：（俄罗斯）蒲宁/著；王虹霓/译
选题策划：王成国　郎爱民
责任编辑：王　巍
封面设计：尚世视觉
版式设计：许　可

北京联合出版公司出版
（北京市西城区德外大街83号楼9层　100088）
福州俊丰彩印有限公司　新华书店经销
字数160千字　650毫米×950毫米　1/16　12印张
2015年2月第1版　2023年2月第2次印刷
ISBN 978-7-5502-4485-6
定价：25.00元

未经许可，不得以任何方式复制或抄袭本书部分或全部内容。
版权所有，侵权必究。
本书若有质量问题，请与本公司图书销售中心联系调换。
电话：010-64243832　4006586676

## 目录
*Contents*

米嘉之恋 / 1        乡村 / 63

# 米嘉之恋

*Mitya's Love*

1

3月9日是米嘉在莫斯科最后一个幸福的日子,至少他是这么认为的。

他同卡佳沿着特维尔斯科大道漫步,冬天仿佛突然让位给了春天,春日的阳光已然有了一丝暖意,似乎云雀真的已经归来,带来温暖和欢乐。到处都湿漉漉的,冰雪融化,银光闪闪。屋檐上全在滴着雪水,扫院子的把人行道上的冰铲掉,把屋顶上湿润厚重的积雪扫下来,大街小巷熙熙攘攘,一派生机。高高的浮云慢慢散去,化作几缕轻盈的白烟,消失在温润的蓝天中。远处伫立着做沉思状的普希金雕像,和蔼亲切,那座耶稣蒙难的修道院的圆顶也在阳光下熠熠生辉。卡佳是那样的美丽迷人,无与伦比,一副天真烂漫、亲近可人的样子,不断以孩童般的信赖挽着米嘉的手臂,望着他的脸，他幸福得几乎有些不知所以，步子迈得很大，使她好不容易才赶上。

快走到普希金雕像跟前时，她突然说："你咧嘴大笑的时候，像小孩子一样腼腆，真是太有趣、太可爱了……你可别难过——我正是因为这笑容才爱上你的……这笑容，还有你那拜占庭式的眼睛。"

这番话既使米嘉暗暗高兴，也让他的自信心受到了打击，但他尽量不让这种心情流露出来，也不再咧开嘴笑。此刻，普希金雕像已经高耸在他俩面前，米嘉一边望着塑像，一边亲切地回答："在孩子气这一点上，我认为咱俩差距不是很大。但是说我像拜占庭人，这种差距就跟你像中国皇太后一样。你们啊，都为拜占庭和文艺复兴着了魔，发了疯……我不懂你们的母亲是怎么当母亲的！"

"怎么，换了你，难不成要把我锁在阁楼里？"卡佳问道。

"不，不关在阁楼里，要是我就不许这些艺术学院、音乐学院和戏剧学院的未来之星踏出门槛一步。"米嘉说道，并尽力使自己的口吻平心静气，友好随意。"不是你告诉我的吗，布克维斯基已经邀你去斯特列尔娜的酒吧吃晚饭，而叶戈洛夫也请求给你塑裸体雕像，塑成一个永远消逝的海浪模样——给你如此殊荣，想必你都乐得合不拢嘴啦！"

"哪怕是为了你，我也绝不会放弃艺术，绝对不会。"卡佳说，"也许我是个堕落的女人，就像你常常说我那样，"她接着说道，虽然米嘉从没这样说过，"也许我是个堕落的女人，但是又有什么办法呢，你只好迁就我点了。好啦，我不想再争论了，你也别吃醋了——至少是现在，在这么个春光明媚的日子里……你怎么就不明白，不管怎么样，你总是比别人要好。"卡佳望着米嘉的眼睛，声音温柔而坚定，露出一副含情脉脉的表情，若有所思地娓娓道来，"我俩已偷偷地立下誓言，戒指将心与心紧紧相连。"

她最后的那句话和这两首诗深深地刺痛了米嘉。总的来说，即使在今天这种卿卿我我的日子里，也有许多事让他痛苦和不快。像是孩子气般羞涩这样的玩笑话就令他不快。类似的玩笑话卡佳以前讲了很多，而且不是随便讲讲的：在某些方面，卡佳经常显得比他老练，常常——并非故意的，而是完全自然而然的——炫耀自己比他优越许多，于是他便痛苦地认为卡佳已经有许多隐秘和风韵的经历。令他不快的还有那句"不管怎样"（不管怎样，你总是比别人要好），好像说话时她突然降低了声音。极其令他不快的是那首诗，和她读诗时的语调，正是这两者最容易使他想起把卡佳从他身边夺走的艺术界，因此总是激起他的嫉妒和愤怒。然而在3月9日这幸福的一天里，他比平日更容易忍耐。后来，当他回忆起这一天时，感觉这是他在莫斯科最后一个幸福的日子。

那天，卡佳在库兹奈特斯基·莫斯特的兹麦尔曼公司买了几本斯克里亚宾的乐谱，回来的路上，她开始谈论米嘉的母亲，笑呵呵地说："虽然我们还没见面，但你不知道我有多怕她。"

两人自相恋以来，不知道什么原因，从没有谈论过彼此的未来，也从没有谈及他们的爱情将有怎样的归宿。可是突然间，卡佳开始谈论他的母亲了，好像毫无疑问：米嘉的妈妈是她未来的婆婆。

2

这天以后，一切都跟往常一样，米嘉依旧陪着卡佳去莫斯科艺术剧院的戏剧学校，出席音乐会、文学晚会，有时在吉斯洛夫卡街她的家里一直待到半夜两点钟，好好利用他母亲给他的令人惊异的自由。米嘉的母亲长着一头亮红色的头发，嗜好吸烟，总是搽着胭脂，是个心地善良、和蔼可亲的女人。很早以前，她就跟丈夫分了居，那人又组建了新的家庭。卡佳也时常跑到莫尔恰诺夫卡大学的学生公寓里找米嘉。他们的幽会总是在深沉的、陶醉的热吻中度过。然而米嘉却固执地认为，一些可怕的事情已经发生了，也就是说卡佳身上发生了某些变化。

一切都转瞬即逝，当时他俩刚刚邂逅、相知，便觉得世界上最惬意的事情莫过于坐下来与对方交谈（有时甚至从早聊到晚），米嘉怎么也没想到自己已经进入了他童年和青年时期便翘首以盼的那种虚幻的爱情世界。十二月是个天寒地冻的月份，每一天，莫斯科都是浓霜笼罩、昏昏沉沉，红日也黯淡了光彩。来到一月份和二月份，米嘉的爱情像旋风般热烈，小小的幸福似乎已经来临，至少眼看就要来临。但是即使在那时，也有些东西开始包围毒化这幸福，而且越来越频繁。即使在那时，他也感到似乎存在着两个卡佳：一个是他一见如故、执着爱恋、片刻不离的卡佳，另一个则是真实、平凡的卡佳，与第一个格格不入，相距甚远，这使他非常苦恼。然而他当初的苦恼跟现在的苦恼也是截然不同的。

一切都能够解释得清楚。春天来了，女人们有许多事要操心，选购衣料，订制春装，没完没了地挑来挑去。卡佳常常要跟母亲一起去裁缝铺，另外，她就读的那家私立戏剧学校马上就要考试了。因此她心神困扰，心不在焉也是自然的事情。米嘉时不时地以此来安慰自己，但这种安慰却无济于事；他那颗多疑的心在跟他对抗，以更强的力量证明了一件越来越明显的事情：卡佳的内心对他日益疏远，因此他的猜疑心和嫉妒心也越来越重。戏剧学院的校长对卡佳充满溢美之词，她忍不住把这些赞美的话语说给米嘉听。校长跟她说："哦，亲爱的，你是学校的骄傲。"（他管所有的学生都叫"亲爱的"）而且除了日常的课程外，自斋戒节以后，他还向卡佳单独授课，以使她能在期末考试时取得优异的成绩，名扬四方。可大家都知道，这校长是个玩弄女生的淫魔，每年夏天都要带上一名女生出国，到芬兰或是高加索。因此，米嘉意识到，校长已经打定了卡佳的主意。当然，这事不能怪卡佳，但是她也大概察觉到了校长的意欲，因此已经等同与那人发生了隐秘的淫乱关系。再加上米嘉已经心知肚明，卡佳对他的情意越发冷漠，于是这个想法更使他心如刀割。

总之，他觉得有什么东西诱惑着卡佳将他离弃。他一想到那个校长心里就不安，但是，校长又算得了什么！米嘉觉得，有一种新的、更强大的力量，抑或其他的兴趣统治了卡佳的爱。至于对谁，对什么有兴趣，米嘉也不知道。总之，他对所有人，所有事都心生醋意。而最使他妒火中烧的则是他确信，卡佳背着他私下里迷恋上的那一切。他觉得卡佳无可抗拒地从自己身边被人拽了去，很可能是做那些令他想想都感到害怕的事。

有一回，卡佳当着母亲的面，半开玩笑地说："你呀米嘉，总是用《治家格言》的标准来看待女人，你将成为一个名副其实的奥赛罗。如果真是这样，我说什么也不会爱上你，更不会嫁给你！"

母亲不同意："我难以想象爱情可以缺少嫉妒，没有嫉妒，也就没有爱情。"

"不，妈妈，"卡佳说，她向来喜欢拾人牙慧，"嫉妒是对爱人的不尊重……'如果不信任我，就别爱我'。"她说道，眼睛故意不看米嘉。

"可在我看来，恰恰相反，嫉妒就是爱情。"母亲反驳说，"我甚至在哪儿见过这句话——有篇文章对这一点阐述得十分透彻。甚至还引用了《圣经》上的例子，说上帝本人都会嫉妒、报复……"

至于说米嘉的爱情，现在几乎已完完全全只剩嫉妒了。而且，他自己也觉得，这种嫉妒绝非寻常的吃吃醋，而是有些扭曲了。虽然，他和卡佳还没跨越男女之间最后的那道界限，但只要他俩单独在一起的时候，除了那一点之外，已经无所不至。每到这种时候，卡佳的激情都会比以前更加热烈。而现在，连这种热烈的激情在他看来也是可疑的，毛骨悚然的。构成他嫉妒的所有感觉都是可怕的，其中最令他可怕的感觉，米嘉认不出，看不清，弄不懂。这其实源于激情的流露：每当米嘉和卡佳卿卿我我的时候，他们的爱情是那样的纯洁、甜蜜、美好、神圣。但每当米嘉想到卡佳和另一个男人可能在一起偷情的时候，就会立即觉得这种激情的流露不但丑陋得难以言表，而且是有悖人性的。这时，卡佳就会激起他强烈的厌恶。

他和卡佳所做的一切都是纯洁神圣的,像天堂般美妙。但是当他想到另一人取代了自己的位置,那么所有的美好瞬间便无影无踪,变成某种不知廉耻的东西,使他恨不得把卡佳掐死——是掐死她,而不是想象中的那个情敌。

3

在斋戒节的第六个礼拜,卡佳应试的日子终于到了。那一天仿佛证实了米嘉所有的忧虑和所有痛苦的猜疑。

那天,卡佳瞅都没瞅米嘉一眼,跟他像是全然的陌生人,她变成了一枝交际花。

她取得了巨大的成功。她穿着一身白纱,好似新娘一般,她的激动使她更加风情万种。她赢得了热烈、亲昵的掌声,而那个校长,一个孤芳自赏的演员,长着一双忧郁、猥琐的眼睛,偶尔做些点评以炫耀他的骄傲。他坐在第一排,悄悄地给卡佳一点儿提示,可是那声音全场都听得一清二楚,让人受不了。

"少点台词腔,"他心平气和,一本正经,不容分说地讲道,好像卡佳是他的私有财产,"不要表演,要体验、感受。"他一字一句地说。

这话实在叫人受不了,卡佳的表演也叫人难以忍受,尽管观众报以热烈的掌声。卡佳脸上燃烧着红晕,有时嗓子走音,呼吸急促——所有的这些都增加了她的魅力。但是她的朗诵俗不可耐,唱歌般的腔调也十分鄙俗,每个声音里面都包含着虚假和愚蠢,然而在米嘉所蔑视的艺术界,这却是艺术的最高境界。卡佳已然沉浸其中,难以自拔。她以一种慵懒的情绪朗诵,摆出一副难以排遣的怀春之恋。那种毫无必要的祈求的神情,显得过于急迫。米嘉为她尴尬得不知眼神往哪里躲才好。世界上最可怕的莫过于天使般的纯洁同风骚的结合。而她充满红晕的小脸蛋,她白色的鞋子和白色的连衣裙（现在显得小了些，因为舞台上的人都仰起头来看她），以及白色的丝袜裹住的双腿，像天使般纯洁。"女郎在唱诗班献唱圣歌。"卡佳用极其天真的声调朗诵着，诗中的那个女郎像天使般无邪。此时，米嘉强烈地感觉到当他站在人群中，面对自己所爱的人时，他同卡佳的亲密。然而，他又对她怀着仇恨和敌意。当想起卡佳是属于他的，就感到骄傲得意，可是他又心如刀绞："不，她已经不再属于他了……"

考试过后，又迎来了幸福的日子。可是米嘉不再像以前那样轻信这是幸福。卡佳回想着那次考试，说道："你真傻，难道你没有感觉到，我读得那么好，都是为了你一个人吗？"

但是米嘉却无法忘记卡佳应试那会儿他心中的感受，也难以承认早已把这些感受抛到脑后。卡佳似乎察觉了他心里的想法，在一次争执的时候大声向他责问："我不明白，既然你觉得我这么令人厌恶，为什么还要爱我！你到底想要我的什么呢？"

可是连他自己也不明白为什么要爱她，不过他感觉到，因为卡佳，因为这沉重的爱，因为这不断积聚的力量，由于对爱情越来越苛刻的要求，在他不断与某人、某事争风吃醋的时候，对卡佳的爱非但没有减弱，反而与日俱增。

"你爱的只是我的肉体，而不是我的灵魂。"卡佳有回难过地说。同往常一样，这又是某个人在戏里的台词。虽然这话听上去陈腐浅薄，可是却触及了他怎么也解决不了的问题。他不知道为什么会爱她，也无法确切地说究竟要她什么……总的来说，爱情又意味着什么？无论是耳闻还是眼见，米嘉从没想过一个字就能最贴切地概括爱情的含义。无论在书本上还是生活中，似乎谈的不是全然超脱的爱，就是所谓的性欲和激情。可是他的爱情既不像前者，也不像后者，那么他从她身上感受到什么了呢？是超脱的爱情，还是情欲？当他解开卡佳衣衫上的纽扣，吻着她洁白精致的胸脯，吻着她不知羞耻袒露而出、顺从而又天真的胸脯时，是什么使他几乎昏厥，是什么使他快乐得濒于死亡？是卡佳的肉体还是灵魂？

4

她的变化越来越大。

考试的成功能在很大程度上说明这一点。但除此之外，还有别的原因。

春天来临，卡佳似乎突然变成了一个温文尔雅、出入社交场合的年轻名媛。每当她乘着马车前来与他会面——如今他们乘马车，不再步行——放下面纱，穿过走廊，丝绸长裙沙沙作响时，米嘉总是为他公寓这条黑漆漆的走廊而感到羞愧。她对他总是十分温柔，但也总是姗姗来迟。总是找借口，说是要和妈妈去裁缝铺而缩短两人相聚的时间。

"现在女人最值得炫耀的就是她们的衣装！"她愉快地睁大亮得惊人的眼睛说道。她很清楚，米嘉不会相信她的话，但还是这么说了，因为如今他俩已经没什么话可讲了。如今在米嘉的公寓里，她几乎从不摘帽子，从不把手里的阳伞放下，她坐在他的床头，那被丝袜紧紧裹住的小腿诱惑得米嘉快发了疯。临走之前，总是说她今晚不在家——要去陪妈妈会客——总是要故意挑逗米嘉一番，以报答他那"愚蠢的担忧"，她用一种神秘的眼神朝房门瞧去，然后从床上滑下来，微微晃动着大腿，匆匆地耳语道："快来吻我一下吧！"

5

四月底，米嘉终于打定主意离开莫斯科，回乡下去，好让自己休息休息。

他把自己和卡佳折磨得痛苦不堪。这种情况之所以越发难以忍受，是因为似乎根本没有必要这么痛苦：并没有发生什么大不了的事情嘛，卡佳哪点对不起他了？有一回，卡佳忍无可忍，斩钉截铁地对他说：

"够了，你走吧，走吧！我坚持不下去了！我们应该暂时分开，好弄清楚我们的关系。瞧你瘦得变了样，弄得妈妈断定你得了肺痨病。我再也受不了啦！"

米嘉回乡下去的事就这么定了下来，使米嘉疑惑不解的是，虽说即将分离，而且心头的痛楚依然如故，可是他却觉得自己又成了一个幸福的人。刚一决定要走，过去的一切又出乎意料地回来了。因为他毕竟不愿相信，害得他日夜心神不宁的可怕事情已经发生。再说卡佳身上但凡有一丝异样，就足以让他再次认为卡佳已经变心。至于卡佳呢，又恢复到过去那样，对他言听计从，热烈地爱着他没有任何虚假可言（他那种嫉妒的本性，敏锐地、分毫不差地觉察到了这点），他又开始在她家待到半夜两点，两人又开始情话绵绵，而且离开的日子越近，就越觉得非要两地分离才"弄清楚关系"是毫无必要的、荒诞可笑的。有一回，卡佳甚至哭了——她从未哭过——这泪水顿时使他觉得卡佳是他最亲的亲人，一股强烈的怜悯之心油然而生，他觉得对不起她。

卡佳的母亲6月初将去克里米亚度假，卡佳要在米斯霍尔与她会面，米嘉到时也去米斯霍尔。

米嘉继续做临行前的准备，当他在莫斯科走来走去，高兴地处理日常事务的时候，总觉得很奇怪，像喝醉酒似的昏昏沉沉，便了解他已重病在身。他感觉到一种病态的、醉态的痛苦和不幸，而同时又感到一种病态的幸福，卡佳对他又像以前那样亲密，那样关怀——她甚至陪他去买捆扎行李的皮带，好似他的未婚妻或是妻子。总之，一切又回到他俩当初相恋时的样子，米嘉为此而深深感动。周围的一切：房屋、街道、街上步行或乘车的人、春日多云的天气、尘土和雨水的气息、栅栏后和院子中开花白杨散发出的教堂般的香气，也都使他产生同样的感觉：既为离别而难过，又为夏天在克里米亚重逢而感到甜蜜。在克里米亚，什么都将妨碍不了他，一切都将如愿以偿（虽说他并不知道，这"一切"究竟是什么）。

离别那天，普罗塔索夫前来道别。在中学高年级学生中和大学生中，往往可以碰到一些老练的青年，他们习惯用嘲讽的态度杞人忧天，样子仿佛比世上任何人年纪都大、经验都丰富。普罗塔索夫就是这种人，他是米嘉最亲密的朋友之一，是米嘉唯一的挚交。尽管米嘉向来沉默不语，对其情史守口如瓶，可是普罗塔索夫却得知了他爱情的全部秘密。他看着米嘉捆绑箱子，发现米嘉的手在颤抖，不由得笑了，用睿智的话开导米嘉说：

"天啊，你们俩还是孩子，上帝保佑你们！"他说，"但是我亲爱的坦波夫省的维特，你应当明白，卡佳首先是个女人，一个典型的女人，对于这样的女人，连警察长也拿她没办法。作为一个男人，你竟然坐立不安，对她生儿育女的本能提出一系列崇高的要求，当然，这是完全合乎规律、甚至是神圣的。尼采说得有道理，你的肉体，要高于理性，但是还有一点也是合乎规律的：在这条神圣的道路上，有人可能摔断脖子，遭致灭亡。毕竟在动物世界，有些动物按照规律，要为它们一生中唯一的一次爱情行为付出生命。然而这种规律未必就会降临到你的头上，因此你更应该三思而后行。总之，用你的眼睛仔细观察，凡事不要操之过急。'容克施密特，真的，夏天会回来的。'天涯何处无芳草，何必只恋卡佳一枝花。可是从你拼命捆扎箱子的样子来看，你并不完全同意我的看法。卡佳这枝花你已经爱得死去活来，视作珍宝了。算了，原谅我对你的劝告，就当你从没听到过一样。愿圣尼古拉斯和他的所有门徒保你平安！"

普罗塔索夫与米嘉握手告别，之后，米嘉开始捆铺盖和枕头。他透过朝院子敞开的窗户，听到住对门的那个学声乐的大学生——他从早练到晚——先试了几嗓子，随后歌曲《阿斯拉族人》的旋律在屋中回荡。米嘉匆匆收紧皮带，胡乱扣上扣子，抓起帽子，就去吉斯洛夫卡街向卡佳的母亲告辞，可脑际却一刻不停地回荡着大学生唱的那首歌的旋律和歌词，以致两眼望去，街道和行人都看不清了，他的头更加昏昏沉沉，比他在莫斯科最后几个星期都要厉害。事实上，他真的有死到临头的感觉，要知道容克施密特正是在这种情况下准备开枪自杀的。但他想了想，死了就死了，又有什么办法呢？于是注意力又回到那首歌上，想象着"光芒四射的美人"苏丹公主怎样在花园里漫步，怎样在"死般惨白"的喷泉边碰见那个黑奴，怎样开口问黑奴的名字和来历，而黑奴又是怎样回答她的。黑奴用一种厌烦、压抑和质朴的口吻说："我叫穆罕默德。"然后用一种悲喜交加的声音，好像恸哭一般号叫道："我的种族是那种一旦相爱就会丧命的阿斯拉族。"

卡佳正在她的卧室里穿衣打扮，以便到车站送他。她从卧室里——从那间他在其中度过了多少难忘时光的卧室里——温柔地呼喊他：第一遍铃响前她一定赶到车站。那位亮红色头发的和蔼女人独自坐在那里吸烟，她非常忧伤地望了他一眼，一切早已猜到了。他满脸通红，心颤抖着，吻了下她柔软松弛的手，然后像儿子那样低着头朝向她，而她呢，则怀着一种母亲的深情，吻了几次他的额头，还画了个十字。

"哦，亲爱的，振作起来吧，欢笑吧，"她羞怯地微笑，引用格力鲍耶托夫的话说道，"但愿耶稣保佑您，去吧，去吧……"

6

在寄宿公寓里办完了最后要办的一切手续后，他让一名侍者帮忙，把所有行李搬上一辆歪歪倒倒的出租马车板上，然后爬上行李，笨拙地坐了下来，马车夫驾着车沿街驶去。车一移动，一种类似伤逝的感觉油然而生：生命中的一个篇章从此结束，永远地结束了！而同时又产生了一种意想不到的轻松感，开始憧憬着即将到来的某种新东西。马车行驶时，他平静了些，也振作了些，对周围掠过的景物似乎也换了一副欢愉的心境去看待。终于结束了：再见，莫斯科！再见，在这个城市里所经历的一切！他多少平静了些，也振作了些，对周围的景物似乎也换了一副新的目光去看待。天空阴阴沉沉，淅淅沥沥地飘着细雨。胡同里空无一人，鹅卵石又黑又亮，像铁一般。巷里的房屋脏兮兮的，显得忧郁、愁闷。马车夫慢慢悠悠地拉着车，叫人着急，而且他身上的气味迫使米嘉一再转过头去，竭力屏住呼吸。马车驶过了克里姆林宫，又驶过了圣母节大街，然后重新拐进胡同。伴着暮色和雨水，一只乌鸦呱呱地叫着——现在仍然是春天，空气中洋溢着春的气息。马车终于驶进车站，米嘉跟在车夫后边，穿过人头攒动的车站大厅，奔进三号站台，那里已停着开往库尔斯克的一长列笨重的客车。车前嘈杂地围着一大群人指责着，车夫们推着一辆辆行李车咕咕噜噜地朝车厢走去，一路上扯着嗓子让人们让路。米嘉立即分辨出那个"光芒四射的美人"独自站在远处，使人觉得她不但在这人群中，甚至在整个世界中都是那样出众。第一遍铃声已经响过——这回不是卡佳，而是他迟到了。她比他早到，已经在等他，使他感动不已。她急忙冲向前，又以那种妻子或者未婚妻的口吻关切道："亲爱的，快去找座位。第二遍铃马上就响了！"

　　第二遍铃声后，她站在站台上，仰起头望着站在三等车门口的米嘉，这使他越发感动了。三等车厢里已经挤得水泄不通，而且开始散发难闻的臭味，可她身上的一切又是那么迷人，无论是她小而可爱的脸蛋，还是她娇小的身材；无论是她还带有少女稚气的青春活力和女人味，还是她向上抬起的闪亮的双眸；无论是她那顶朴素的、流露着优雅气质的蓝色檐帽，甚至是她那件深灰色的上装——米嘉觉得他似乎已经抚摸到了上装的布料和绸衬，都充满了摄人魂魄的魅力。他自己则瘦骨嶙峋，也不英俊潇洒，身着纽扣已经磨损了的破旧大衣，脚踩旅行时穿的笨重靴子——然而卡佳却依然真挚地用爱慕而忧伤的目光凝望着他。第三遍铃声来得那么突然，声音那么响亮，尖厉地刺痛了米嘉的心房。他像个疯子似的跳上站台，卡佳也同样像个疯子似的惊恐地扑过去。他用面庞紧贴着她戴着手套的小手，然后跳回车厢，狂喜地向她挥舞着帽子，泪水不觉夺眶而出。她用一只手微微提起裙子，跟站台一起渐渐远去，但是她的目光一刻不停地追随着他。她越来越快地往后飘去。米嘉把身子探出窗外，风也越来越使劲地吹着他的头发。火车也越来越无情地加快速度，汽笛蛮横地、恐吓地怒吼着为列车开道——突然，她和站台的尽头一起消失不见了。

7

春日漫长的黄昏早已降临，积雨云使天空更加昏暗，笨重的列车在光秃秃的、寒意料峭的旷野上——旷野上还刚刚是初春的天气——隆隆地奔驰着。列车员顺着车厢的过道走来，一边检票，一边把蜡烛插进吊灯里，此时列车正在清凉贫瘠的野地上呼啸而过。而米嘉依然站在震得咣当作响的车窗前，回味着弥留在他唇间的卡佳手套的气息，身上也依然在燃烧着告别时最后一瞬间的那股炙热火焰。莫斯科的那个漫长冬季，那个改变了他全部生活的、既幸福又痛苦的冬季，此刻又回荡在他眼前。仿佛卡佳也浮现在他眼前，她是谁？她是怎么回事？还有那爱与激情，心灵和肉体呢？这一切究竟又是怎么回事？一切都不存在，有的只是另一种，完完全全是另一种东西！难道这手套的香气也不是卡佳的，也不是爱情，也不是肉体，也不是心灵？车厢里很多农民和工人，那个领着难看的孩子去厕所的女人，那一盏盏颤抖的吊灯里的昏黄烛光，那春日旷野上的暮光，全都是爱情，都是心灵，都是痛苦，也同时都是难以言喻的欢乐。

早晨，火车到达奥勒尔，他在最远的站台上换乘省内列车。米嘉觉得这与莫斯科相比，是那样的简单、宁静、亲切。如今莫斯科对他来说，已落入某个想象中的遥远王国里了；卡佳过去是这个王国里的主宰，可是此刻他却觉得自己既孤独又悲伤，他对她的爱只剩下柔情！在这里，奥勒尔，连积雨青云遍布的天空，连阵阵的春风，也比莫斯科质朴、宁静……列车在奥勒尔出站时，开得不紧不慢。米嘉坐在几乎空无一人的车厢里，不慌不忙地吃着图拉产的蜜糖饼干。后来列车加快了速度，颠簸着，颠簸着，他进入了梦乡。

他醒来时，车才到达维尔霍维耶。列车停了下来，车站上人非常多，熙熙攘攘，却显得偏僻冷清。车站食堂里飘出香喷喷的油烟味。米嘉津津有味地喝光了一碗菜汤和一瓶啤酒，又酣然入睡了——浓浓的倦意笼罩着他。等他再度醒过来时，列车已奔驰在他熟悉的白桦林中，前方就是终点站。春天的苍茫暮色笼罩着大地，从敞开的窗户里飘进蘑菇和雨水的气息。虽然树林还是光秃秃的，可是列车的隆隆声听起来却比旷野上清晰许多。远方已闪烁着车站的点点灯火，流露着季节变换的忧伤。标志杆上的绿灯清晰可见，在这样的黄昏，在暮色下光秃秃的白桦林中，这盏绿灯显得格外可爱。列车咣当一响驶入了岔道……天啊，在站台上迎接少爷的仆人是多么的可怜，又是多么的可亲。

夜色变得越来越浓，积雨云变得越来越厚，他乘着马车离开车站，穿越初春时节泥泞的大村庄。万物都已沉没在这片非凡柔和的暮光中，沉没在大地深邃的寂静中，朦胧的积雨云挂在长空，万物也都沉没在与这云朵交融的温暖夜色中。于是米嘉再次感到既惊喜又疑惑：农村是多么宁静、淳朴和贫困啊！那一幢幢散发出刺鼻气息的、没有烟囱的矮小农舍早已进入长长的梦乡——自圣母节起，老百姓就不生旺火了——置身在这昏暗温暖的草原世界上是多么美好啊！四轮马车在坎坷不平的泥沼中颠簸前行。在一个富足的庄户人家的院子里，挺立着几棵巨大的橡树，光秃秃的，样子冷冰冰的，只有枝杈上影影绰绰露出几个白嘴鸦的巢。在一个农舍的门口，站着一个奇怪的庄稼汉，在暮光中眯睨，像是远古时代的人：光着脚，披着件褴褛厚重的粗布上衣，一顶羊皮帽压在长长、笔直的头发上……不久，下起了甜蜜、温暖的雨。米嘉遐想着沉睡在这些农舍里的村姑和年轻的村妇，遐想着一冬以来和卡佳厮守在一起而领略到的女性之美，于是卡佳、村姑、黑夜、春天、雨水的清香和准备耕种的泥土的清香、马的汗味和羊皮手套上的芳香，都融合在了一起。

8

乡村生活的最初几天是平静而美好的。

列车驶离莫斯科后的头一天夜里，米嘉好像精神恍惚，变得跟周围的芸芸众生别无二致了。但这只是米嘉的幻觉而已，这种幻觉没持续多久，等他睡足了觉，从旅途的疲惫中缓解过来，恢复了常态，习惯了新的环境之后，这种幻觉便立刻烟消云散。而所谓的新的环境实际上是他从孩提时代起就已熟悉了的老家，村子，村子的春天，以及大地在春天贫瘠、空旷的景象。大地此时正怀着万物复苏、春暖花开的青春的活力。

庄园并不大，房子不但不豪华，而且已颇为陈旧，家务不繁重，也没有几个仆人——米嘉的乡居生活开始得很平静。妹妹阿尼亚是中学二年级学生，弟弟科斯佳，一个年轻小伙，眼下都在奥勒尔读书，最早也要到六月初才回家。妈妈奥尔加·彼得罗夫纳跟往常一样，终日忙于农务，只有一个帮手。她时常整天都在地里，一直要忙到天黑才能躺下来睡觉。

米嘉到家后的当晚，一连睡了12个小时，第二天醒来，他洗好脸，换上干净衣服，走出阳光满溢的卧室——他的卧室是朝东的，窗户对着果园，到房子各处转了一圈，处处都流露着一种平和的亲切感，显得宁静而简朴，使他的身心得到慰藉。所有的房间都在他回来之前收拾过，所有房间的地板都擦洗过。在每间屋里，所有的东西仍都放在原处，跟许多年前一样，没有任何变动，闻起来都那么熟悉、惬意。只有和休息室连接的客厅没有擦洗。一个从村里来的、满脸雀斑的村姑，站在阳台门旁的窗台上，一边吹着口哨，一边踮起脚尖擦高处的玻璃，低处的玻璃映出了她深蓝色的身影，仿佛她的人站在很远的地方。女仆帕拉莎从水桶里捞起块蒸气腾腾的抹布，光着脚，翘起脚尖，露出小巧的脚跟和雪白的小腿。

"您去喝茶吧,您母亲天没亮就同村长到车站去了,您大概没听到他们走……"她友好而随便地同米嘉攀谈起来。

米嘉望着那个踮起脚尖站在窗台上的村姑,望着那个女人卷起了衣袖的手臂,她的曲线和她的裙子,裙摆下露出两根柱子般结实的腿,心中不由得充满渴望。可就在那一刹那,他不由分说地想起了卡佳。他怀着喜悦的心情感觉到了卡佳对他的力量,感觉到了他是属于她的。在这个早晨的一切观察中都感觉到了她隐秘的存在。

而且这种存在,在他的感觉中一天比一天强烈。随着他越来越恢复常态,内心越来越趋于平静,这种感觉一天比一天美好。他终于忘却了那个作为普通女人的卡佳,而正是这样的一个卡佳,当初他在莫斯科时,却那么经常、那么令他苦恼地不能同他理想中的卡佳融合成一人。

## 9

这是他第一次作为一个成年人在家里生活,连妈妈对他的态度也跟过去不同了,而最主要的是,他的生活中有了爱,心灵已沉浸在真正的爱情当中,他从孩提时代、从少年时代起就一直心向往之,梦寐以求的事终于实现了。

在他还是牙牙学语的幼儿时,就有一种语言无法表达的东西在他身上神秘地萌动。已记不清那是发生在什么时候、什么地方的事了,反正十有八九也是在春季、在花园里、在一丛丁香花旁边——他至今还记得甲壳虫那股刺鼻味道——当时,他,一个乳臭未干的小毛孩,站在一个年轻的妇人身旁——大概是他的保姆吧——突然间,有样东西(可能是她的脸庞,也可能是覆盖她丰满胸部的萨拉凡)焕发着天堂般的光彩,于是一股热浪开始冲击他,在他心头翻滚,好像母腹中的胎儿一般……但是那一切又恍如梦境。恍若梦境的还有以后的年代:童年时代、少年时代和中学生时代。

儿时，每逢喜庆的日子，总有一些小姑娘由她们的母亲陪伴着前来道贺，此时他就会对其中的这个或那个小姑娘产生一种特殊的倾慕之情，而这种倾慕之情难以言喻，又是极其独特的情感。他总是怀着一种隐秘的、饥渴的好奇心，注视着那个吸引着他穿着连衣裙和精致小裙、戴着小帽子、小脑袋上扎个丝蝴蝶结的小姑娘（她也不同于其他任何人）的一举一动。后来到了省城之后，几乎整整一个秋天，他曾对一个中学女生产生了更加成熟理智的爱慕之情。这个女生每天傍晚都要爬到邻家花园栅栏后边的树上去。她的淘气，戏谑，褐色的连衣裙，插在头发上的圆梳子，脏乎乎的小手，酣畅的笑声和响亮的尖叫，都使米嘉神魂颠倒，从早到晚，因思念她而牵肠挂肚，有时甚至还会流泪，一心渴望着从她身上得到些什么。后来也不知怎么的，他对那女学生的情感忽然自行结束，消逝在了记忆中。他隐秘的爱慕之情转移到了别的女孩子身上，持续的时间也有长有短，这一切都发生在中学举行的舞会上，他常常会突然钟情于一个女孩子，为她而欢乐，为她而痛苦……那段时期，他感到肉体上有一种莫名的烦闷，而他的心中则有一种模模糊糊的预感。

他是在乡下出生和长大的，直到念中学时才不得不在城里度过春天，只有一年例外，那就是前年。那年他回乡下过谢肉节，不料病倒了，便留下来养病，在家里度过了三月份及四月份的一半光景。这一个半月的光阴使他难以忘怀。有两个礼拜他卧床不起，无所事事，只能从病床上望着窗外的景物。他发现随着气温的升高和日光的增强，积雪、果园以及园中的树木和枝丫天天都在变样。有天早晨他发现阳光普照的屋里已是那么明亮暖和，连苍蝇都活了过来，在玻璃上爬着……而第二天晌午，当太阳移至屋后，照射着西边窗子的时候，他望见窗外苍白的春雪已变成淡淡的蓝色，在湛蓝、明净的天空中，在树梢的上方，已飘浮着大朵大朵的白云……又过了一天，漫天云霭的苍穹露出大片大片碧空，树皮上发出湿润的亮光，窗外屋檐上滴着雪水，这一切使他欢愉不已，百看不厌……此后几天，弥漫着温暖的暮霭，积雪就在这几天内融化一尽，河解冻了，河水潺潺地流动起来，花园和庭院内的泥土又裸露出来，黑得那么欢快。米嘉永远也忘不了三月末的一天，他平生第一次骑马去地里。那天虽不能说阳光明媚，可是从苍白、单调的树木下向上望去，只见天空生气勃勃，魅力无限。到了田野里，更是清风习习。麦茬又硬又高，红得像铁锈一般。而在已经翻耕过的地里准备种燕麦了，泥土乌油油的，显示出一种原始的力量。他骑着马径直穿过麦茬地朝树林走去，远远就可望到树林在洁净如洗的空气中，光秃秃的、矮矮的，一眼就可望到头。后来，他骑马来到林中谷地，马蹄踩在陈年枯叶上，发出"沙沙"的响声，有的地方落叶是湿漉漉的，呈褐色，有的地方却是干燥的，呈淡黄色。他骑马越过落满败叶的沟壑，沟壑中还在潺潺地流着春汛时的水，而一簇簇树丛里，不时响起窸窸窣窣的声音，一只只暗黄色的身影窜出树丛，径直从马蹄下振翅而飞……

这一年的春季，特别是这一天，田野上清新的春风吹拂着他的面庞，胯下的那匹马如此费力地在湿漉漉的麦茬地和黑油油的出耕地里奔走，大鼻孔呼噜呼噜地吐着气，打着响鼻，并用一种强大而粗野的力量嘶鸣。他当时以为，正是在这年春季，他初次萌发了真正的爱情，他几乎无日不钟情某一个人，那时他爱所有的中学女生，爱世上所有的姑娘！但是这段时间在今天看来已恍如隔世！他当时还全然是个毛孩子，幼稚、纯朴、可怜，之所以可怜，是因为当时的那些悲伤、欢乐、憧憬是多么微不足道！当时他那既无对象又无结果的爱不过是一场梦，更确切地说，是对某个可爱梦境的回忆罢了！可现在却不同了，世界上有卡佳，有一颗不仅包容了这个世界、并主宰着这个世界万物的心灵。

10

米嘉在回乡后的前些日子里，只有一回是在不祥的氛围里回忆起卡佳的。

有天夜间,已经很晚了,米嘉走到后面的门廊上。天色非常黑,周围非常静,空中弥漫着田野上潮湿的泥土气息。几颗小星星悬挂在夜空中的云层,在影影绰绰的果园上方哀伤地哭泣。突然间,远处什么东西发出一长声狂野、狰狞的吠叫,像鬼哭一般。米嘉打了个寒战,吓得呆住了,后来,他小心翼翼地走下门廊,走到黑漆漆的、满怀敌意的、像是戒备着他的林荫道上,又停下来,想再听听这是什么声音。它,那个如此突然,如此恐怖地发出响彻整个果园的狞叫声的,是什么东西,在什么地方?他心里寻思这准是求爱猫头鹰的叫声,如此而已,可是整个人却仍然吓得呆立在那里,仿佛在这片黑暗中真的有鬼出现,只是肉眼看不到而已。突然间,又响起了一声使米嘉毛骨悚然的狞叫声,随后,在离他很近的地方,就在树梢上,发出一阵窸窸窣窣的响声,魔鬼正在悄悄地转移到果园的其他地方去了。在那边,它起先犬吠似的叫着,后来开始像孩子般央求的声调哀诉着,抽泣着,扑棱着翅膀,怀着一种痛苦的快感尖叫着,随后是一阵癫狂、嘲讽的笑,活像有人在咯吱它,折磨它。米嘉心惊肉跳地睁大眼睛,全身上下都在打战,他竖直耳朵,凝神静气地注意着黑暗中的动静。那魔鬼突然不再狂笑,呼呼地喘着粗气,然后又发出最后一声垂死的哀鸣,划破了黑暗中的果园,从此就再也不做声了,好像已经被地心吞噬。米嘉还等了好几分钟,好奇会不会再响起这种可怖的求偶声,可却是白等一场。他悄悄地回到屋里,这一夜他睡得很不安宁,噩梦不断,三月份在莫斯科时,他的爱情使他产生的那些痛苦的想法和情感,又折磨了他一整夜。

但是第二天,在和煦的阳光下,昨晚的苦恼顿时烟消云散。他回忆着当他俩一起决定他必须暂离莫斯科时,卡佳怎样流下了伤心的眼泪,而后来她灵光闪现,要他在六月初也去克里米亚消夏时,又怎样欣喜若狂,还回忆着卡佳怎样体贴入微地帮他做回乡的准备,回忆着她到车站送别时的情景……他掏出她的一张照片,久久地端详着她那雅致的头发和纤巧的身影，她的坦率、真诚、圆溜溜的明眸是那么纯洁无邪，光艳照人，使他惊讶不已……后来他提笔给她写了一封情意绵绵的信，信写得特别长，深信他俩的爱情是忠贞不渝的，于是他又觉得在他赖以生存、并获得欢乐的一切事物之中，无处没有卡佳充满爱和光明的存在。

他不由得回忆起八年前父亲去世时他的心情，那也是在春天。在父亲死后的第二天，他怀着一种困惑而恐惧的心情，怯生生地穿过大厅，只见父亲卧在灵床上，精心地穿好一身贵族礼服，胸部高高隆起，一双惨白的大手放置胸前，鼻子亮白，而稀疏的大胡子却显得分外的黑。米嘉走到门廊边，朝紧靠着门、蒙着金色锦缎的巨大棺材盖瞥了一眼，突然感受到：世上是有死亡的！死亡存在于一切之中，存在于阳光中、院子里的春草中、天空中、果园中……他向果园走去，踏上在阳光下显得绚烂多彩的菩提树林荫道，然后又拐到阳光更加充足的一条条辅道上，眺望着树木和第一批出现的雪白的蝴蝶，聆听着第一批出现的小鸟的婉转歌声，觉得这一切都异常陌生。那时他脑子里想到的只是无处不在的死亡，只是大厅里那张恐怖的灵床，只是门廊上蒙着锦缎的长长的棺材盖！所以放眼望去，景物全然变了样，过去太阳不是这样发光的，草不是这样发绿的，蝴蝶也不是这样呆呆地停在茎尖上刚刚有些热气的春草上的。总之，一切都跟几天前不一样了，一切都因濒临世界末日而面目全非了，连春天的魅力和它永恒的朝气也充满忧伤！这种心情一直持续了整整一春，而且他还长久地觉得——或许是心中幻觉——宅地虽然冲洗过并且多次通过风，却一直有一股讨厌的、黏腻的气味，令人不寒而栗……

这种魔力如今又俘获了米嘉——只是起因全然不同——这个春天，他的初恋之春，跟过去任何一年的春天截然不同。世界又变得面目全非，仿佛又到处存在着某种陌生的事物，不过它绝不是可怖的；恰恰相反，它使春天的欢乐和朝气奇妙地融合在一起了。这陌生的事物就是卡佳，或者更确切地说，是米嘉所追求的，想从她身上得到的那种世上最美妙的东西。

如今，随着春日一天天消逝，他对她的追求也越来越多。而且如今，在他眼前的只是她的形象，并非真实的，而仅仅是他所希望的形象的时候，他觉得她正如人们渴望她的那样，完美无缺，纯净无瑕，丝毫也不去破坏她的完美与纯净，而且，她每一天都越发活生生地存在于米嘉目力所及的一切景物之中。

11

对于这一点，米嘉在回家后的一个礼拜是深信不疑的，因此欣喜不已。这个礼拜的天气好像还只是春日的前夕。他拿着本书，坐在客厅内敞开的窗户旁，透过前花园中松树和冷杉间的空隙，遥望着草场上浑浊的小河和小河对岸山坡上的村庄：白嘴鸦仍然以刚开春时的那种方式，从早到晚，在村庄旁边地主果园里光秃秃的老白桦树上鸣叫，欢乐地忙着觅食，累得筋疲力尽；山坡上的村庄仍然是灰暗阴沉，了无生机，那里只有柳树才刚刚吐绿，而且还有点泛黄……他朝果园走去，连果园也仍然是低矮的，贫瘠的、通透的，只有林中空旷的草地已经返青，而且开着绿松石的小花，还有林荫道旁的金合欢树也已披上嫩叶，在果园南边低洼的谷地里，孤零零的樱桃树已经稀稀落落地开了几朵淡白色的花……他走到田间，田里也仍然是空荡荡的，阴沉沉的，庄稼还未成熟，到处仍然戳着硬毛刷似的麦茬。田间的泥土已经干燥，但是仍然疙疙瘩瘩，起伏不平，仍然呈紫色……然而所有这一切已显示出一种全然的期盼，期盼着青春的、裸体的美丽——所有这一切就是卡佳。米嘉也被那些来庄园打短工的少女和下房里的仆人勾得心神不宁，看看书，散散步，去村里走访熟悉的庄户人，同妈妈聊聊天，跟着管家，一个魁梧、粗鲁的退伍士兵，驾着轻便马车在旷野里奔驰，以为借此能够分分心。

白驹过隙，又是一个礼拜过去了。有天深夜，下了场滂沱大雨，早晨雨过天晴，太阳一下子变得火辣辣的，抹去了春日苍白的、无精打采的状态，眼看着周围的一切面貌改变，甚至不是一天一个样，而是一小时一个样。麦茬地开始翻耕，去年的切口变成了黑丝绒的颜色，田埂开始返绿，院子里的嫩草显得更加苍翠欲滴，天空也蓝得更加明艳、浓郁。果园很快就披上了柔软、清新、鲜艳的绿装，一串串灰色的丁香花变成浓郁的紫红，散发着芳香，连苍蝇也成批出现，大大的、黑黑的，藏在丁香有光彩熠熠、墨绿的叶子上以及小径斑驳的、炙热的日影中。一瓣瓣小小的、灰色的、显得特别柔软而即将抽枝的新叶下，苹果树和梨树的枝桠丫清晰可见。但是这些苹果树和梨树，已到处把他们弯弯曲曲的枝丫伸到其他树木的下边，像蒙上一层雪一般的、乳白色的花，而且这花一天比一天白，一天比一天密，一天比一天香。在这段绝妙的日子里，米嘉快乐地、悉心地欣赏着春天给周围带来的变化。但是卡佳不但没有因此而消失在周围的景物当中，相反，在它们当中，她无处不在，而且正是她的美使万物明艳灿烂。她的美同山花烂漫的春天一起，同枝繁叶茂的银白色果园一起，同蔚蓝的苍穹一起，如蓓蕾般怒放吐艳。

## 12

有天傍晚时分，米嘉走进夕阳斜照的大厅去用茶，喜出望外地看着茶炊旁放着一封信。这封信他等得好苦，今天早晨还白白地等了一场呢。他快速地走到桌边——他给她写了那么多信去，她早该回一封信了——映入眼帘的是典雅的信封和信封上熟悉又令人激动的笔迹，既亮得耀眼，又使他无可辩驳地害怕。他一把抓过信来，快步走出屋去，沿着林荫道，一直走到果园尽头那片谷地里才停了下来，环顾了四周，迅速地撕开信封。信很短，寥寥数行，可是米嘉心怦怦直跳，一连看了好几遍才看懂。"我的亲爱的，我唯一的心上人！"他反复地念着这句子，欣喜若狂，觉得脚下的大地都在飘浮起来。他举目仰望，只见天空得意扬扬地、欢欣鼓舞地放出光辉。周围的花园里，白色的花瓣也同样喜滋滋地绽放雪般银辉，有只夜莺已感觉到黄昏降临的凉意，以尖细明亮的嗓音，在远处苍翠的树丛里百转千回地啁啾，米嘉满脸红晕，开心得浑身上下都在颤抖……

他回屋时走得极其缓慢，因为他的爱情之杯已满溢而出，此后几天，他继续这样小心翼翼地在心坎里捧着这只杯子，同时平静地、幸福地等待着下一封信。

13

果园披上了绮丽多彩的华服。

那棵从各处都可望到的参天枫树，本来就挺拔于果园南半角所有的树木之上，如今覆满了翠绿的新叶，变得更高、更大了。

那条主林荫道，是米嘉经常在他卧室内眺望的，如今也更高、更显眼了：一棵棵老菩提树的树冠上，新叶已布满枝头，构成了淡绿的花边，绵延地铺在远方的果园上空。

在枫树下边，在林荫道的菩提树下边，是一片芳香四溢的、常春藤般卷曲着的奶油色花海。

所有这一切：高大葱郁的枫树，果园里嫩绿的繁枝，果树盛开着的、像婚纱一样洁白的鲜花，太阳，苍穹，以及在果园的谷地里、洼地上、大大小小林荫支道的两旁和房屋朝南一边的墙角下——丁香、红醋栗、牛蒡、金合欢、苦艾和荨麻——无不显示出一派欣欣向荣、枝繁叶茂的青春气象。

在碧绿、敞开的庭院里，由于花卉树木从四面八方团团紧拢，院子似乎窄小了许多，连屋子也仿佛变得小了些，漂亮了些，好似等待客人的光临，所有的房间天天都敞着门窗，连白色的大厅，深蓝色布景的旧式客厅，小巧的、蓝色的、挂有好几幅椭圆水彩画的房间，以及阳光充足的宽敞藏书室也都整天不关门窗。藏书室是屋角一间宽敞的耳房，经常空空荡荡的，只有房门角落里蹲着几尊古老的圣像，沿墙摆着低矮的木书橱。窗前四周的树木，一步步移近，畅快地窥探着各个房间，树木都是绿油油的，然而浓淡有别，枝丫之间则露出一片明艳的碧空。

但是信却没有来。米嘉是知道的，卡佳文笔笨拙，一向不大愿写信，而且她总认为写信很麻烦，得在书桌旁坐下来，找笔，找纸，找信封，还要去买邮票……然而这种富于理智的想法已不再能安慰他。几天来，他一直很有把握地、甚为自豪地等第二封信来，可是现在这种心情已经化为乌有——他越来越灰心，越来越不安了。按理说，在写出第一封那样的信之后，紧接着就应当写来第二封更美好、情绪更高涨的信。可是卡佳却默不做声。

他很少再去村里，也很少再去旷野，而是终日坐在藏书室里，翻阅着已在书橱里搁了几十年的杂志。杂志的纸张已变干泛黄，上面印着老一辈诗人们才华横溢的诗歌和精致优美的诗篇，讲的几乎都是同一件事——正是这件事，自创世纪以来一直充满所有的诗篇和歌曲，而今天则成了米嘉心灵唯一关注的东西，不管诗歌怎样描绘，他都能用这样或那样的方式把这件事跟他自己、跟卡佳联系起来。他把扶椅移到打开的书橱前，坐在那里一连好几个小时吟诵着这些诗句，折磨着自己：

> 人们早已熟睡，
> 到蓊蓊郁郁的花园去找我吧，我的情郎！
> 只有天上的繁星把我俩张望……

所有这些令人心潮澎湃的诗句，所有这一声声的召唤，仿佛都出自他的手，他的心，都仅仅对一个人倾诉，而那个人的倩影，他，米嘉，在所有的地方，所有的景物中，都能看到，而且这些诗句有时听起来几乎带有一种胁迫的意味：

> 湖水晶莹得好似明镜，
> 天鹅在河上鼓动着翅膀，
> 拨弄得湖面轻轻地摇荡：
> 啊，你快来我身旁！星星仍在闪耀，
> 绿叶在微微晃动，相互偎依，
> 暴风骤雨在天空聚集……

他合上眼帘，打了个寒战，一连几次反复吟咏着这召唤的诗句，这发自内心的恳求。这恳求充满着爱的力量令他无法抗拒，渴望能够得到响应，能够如愿以偿。后来，他良久地凝望着前方，倾听着环抱着宅地的、乡村般深沉的寂静，终于痛苦地摇了摇头。不，她没有响应，而独自在某个地方，在陌生而遥远的莫斯科的世界里闪耀！——柔情再一次爬上他的心房——那种胁迫的、不祥的、如魔鬼般的要求又强烈起来：

> 啊，你快来我身旁！星星仍在闪耀，
> 绿叶在微微晃动，相互偎依，
> 暴风骤雨在天空聚集……

14

有一天，吃过午饭——午饭是在正午吃的——米嘉走出宅地，慢悠悠地朝果园走去。果园里经常有村姑在干活，给苹果树松土。今天她们也在那里干活。米嘉在她们身旁坐坐，跟她们聊聊天，已然成了习惯。

天气炎热，没有一丝风。他在林荫道通透的树荫下走着，四周卷曲的白色枝丫似雪一般，连远处的也可以看到，梨花开得特别茂密、旺盛；雪白的梨花和灿烂的碧空交织相容，呈现出紫罗兰的色彩。无论苹果树还是梨树，雪白色的花瓣散落在翻耕过的泥土上，热乎乎的空气中可以闻到落花甜美柔和的清香和牲畜栏内晒着的饲料味。有时，头顶飘来一片浮云，蔚蓝的天空变成了淡蓝色，于是热乎乎的空气以及落花和饲料味就变得更甜更柔和了，蜜蜂在雪一般洁白的繁花丛中忙忙碌碌地采蜜，使得这片春日乐土上发出嗡嗡的响声，催人入睡，令人陶醉。连夜莺也此起彼伏地鸣唱起来，声调像午后一样单调而快乐。

林荫道的尽头是大门，门外便是打麦场。在林荫道尽头的左面，靠近果园的墙角边，有一排黑压压的云杉。云杉旁边的苹果树中间，显眼地站着两个穿得花枝招展的村姑。米嘉像平日那样，由林荫道半中央转了弯，朝她俩走去——绵延伸展的低矮花枝，像姑娘一般，温柔地触碰着他的脸，发出蜂蜜和柠檬的香气。其中一个村姑，火红头发的瘦小索尼卡，刚一看到他就叫了起来，同时爽朗豪放地笑着。

"哎哟，东家来了！"她假装害怕的样子叫道。她坐在梨树的一根粗枝上休息，见状马上跳了下来，赶紧拿起铁锹。

另一个村姑，叫格拉什卡，则恰恰相反，装得好像根本没有看到米嘉，不慌不忙地把一只脚结结实实地踩到铁锹上。她脚上穿一双黑色的短软靴，里面落满了白色的花瓣。只见她使劲把铁锹铲进地里，将新割的草皮翻了过来，同时用洪亮而悦耳的嗓子高声唱道："啊，果园，我亲爱的果园，你的花儿为谁开放！"她是个身材高大的姑娘，有点男子气概，总是不苟言笑。

米嘉坐到索尼卡刚才坐过的那根老梨树的粗枝杈上。索尼卡目光炯炯地望着他。

"才起床吗？瞧着点儿，别睡过了头，误了事！"

她喜欢米嘉，但竭力想掩饰这一点，却又不知道如何掩饰，一见米嘉就魂不守舍，举止失措，想到什么就说什么，但是话里影射着什么事并已模糊地猜到，米嘉总是一副六神无主的样子，肯定是有什么隐情。她怀疑米嘉已经跟帕拉莎好上了，至少安了这个心。这使她心生醋意，有时候跟他讲话很温柔，倦怠地看着他，流露着深情；而有时候却很尖刻，冷冰冰的，甚至怀着敌意。这一切使米嘉产生了一种异样的快感。卡佳始终没有来信，他现在已不是在生活，而是在望眼欲穿的等待中过活，这种撕心裂肺的期望使他越来越苦恼，使他不能向任何人倾诉他秘密的爱情和痛苦，不可能跟任何人谈谈卡佳，以及他怎样渴望去克里米亚，因此索尼卡暗示陷入了不存在的爱情中反倒使他高兴：不管怎么样，她的那些话毕竟触及了他心中为之沮丧的隐情。使他高兴的还有索尼卡爱上了他，这就是说，索尼卡也同样经受着跟他自己一样的痛苦情感，因而仿佛成了他心中爱情生活的秘密参与者。有时他甚至产生一丝奇怪的希望：也许能在索尼卡身上找到他感情的寄托，找到多少能够代替卡佳的东西。

这会儿索尼卡说"瞧着点儿，别睡过了头，误了事！"的时候，不知不觉又击中了他的秘密。他环顾一下四周。他们面前的那排云杉葱葱郁郁，墨绿的树叶在下午灿烂的阳光下几乎成黑色，而尖尖的树冠中露出来的天空则显得格外地碧绿壮美。菩提、枫树、榆树的新叶，每一瓣都照满阳光，亮得透明，交织成一层明快、轻盈的冠层，覆盖了整个果园，把阴影和日影洒满了草地和小径。茂盛、芬芳、洁白的花朵在这冠层下如陶瓷一般，那些未被树影遮住的花朵则照满了阳光。米嘉情不自禁地微笑着，问索尼卡道：

"我有什么事能叫睡觉耽误的？我悔就悔在无事可做。"

"好啦，好啦，别说啦！别把话讲得那么绝，我可相信你哩！"索尼卡快活而粗鲁地大声回答道，不相信米嘉没有情人，使他又一次感到美滋滋的。突然，一条额上有一撮白毛的红牛犊从云杉后面出来，慢腾腾地走到她身后，啃起她印花布裙子的荷叶边来。她忙不迭推开牛犊，又大声叫道：

"哎哟，滚开，到别处找妈妈去！"

"听说有人来向你提亲了，真的吗？"米嘉想继续同她攀谈下去，又不知道该说些什么，便问道，"据说是个富足的庄户人家，小伙子挺英俊，可你却不听你爹的话，总是回绝……"

"有钱，可是没脑子，脑袋瓜里一抹黑，"索尼卡开玩笑地回答道，显得有几分得意，"再说，我心里说不定有了另外的人……"

沉默寡言，不苟言笑的格拉什卡，没有停下手头的活，摇了摇头，轻声说：

"唉，姑娘，你说话总是不过脑子，信口开河，传到村子里会说你闲话的——你就出了名了！"

"你住口，别叽叽呱呱地唠叨！"索尼卡吼道，"我可不是窝囊废！"

"你心里那个另外的人是谁？"米嘉问道。

"你想听？……好，那我就跟你讲。"索尼卡说道，"我爱上了你们家那个牧人老爹。爱得像火一般，都烧到脚尖了！我跟您一样，可喜欢骑老马哩。"她挑衅地说，显然是在影射帕拉莎，帕拉莎今年二十岁，在乡下显然算是老姑娘了。说到这里，她突然撂下铁锹，大模大样地坐到地上，她认为由于她悄悄爱上了少东家，就有权利多歇一会儿。她把双脚伸直，露出一双花纹羊毛紧身裤和一双粗布靴子，两只手乏力地垂着。

"唉，什么活也没干，已经累得要死啦！"她咯咯地笑着，大声说，"我的皮靴都磨坏了。"说罢，就尖声唱了起来：

"走，跟我一块上窝棚里歇会儿，我什么都答应你！"她又大笑起来。

她的笑声感染了米嘉。他张开大嘴，腼腆地笑着，从梨树枝上跳下来，走到索尼卡身旁，躺倒在地，把头搁到她的膝盖上。索尼卡把他的头推开，他又搁了上去，心里则想起了近几天来反复吟咏的诗句：

哦，玫瑰，

>  当你舒展小巧的花瓣，
>
>  幸福的力量随即彰显，
>
>  一切还未结束。
>
>  当你舒展待放的花瓣，
>
>  超越了所有的召唤。
>
>  当你张开层层卷卷的花瓣，
>
>  那露珠打湿的花瓣，
>
>  散发着无与伦比的芬芳，香甜……

"别碰我！"索尼卡大声叫道。这回真是感到害怕了，她竭力想把他的头抬起来推开，"我可要喊啦，喊得森林里的狼都窜出来！我什么也不会给您的，我幸福的火焰已经熄灭。"

米嘉合上眼睛，一声不吭。阳光穿过梨树的枝丫，一道道狭窄的光束把温暖的日影星星点点地洒到他脸上。索尼卡温柔而又鲁莽地揪住他又黑又硬的头发，叫了起来："跟马鬃一个样！"随即把便帽盖住了他的眼睛。他的后脑勺贴着她的腿——世上最可怕的东西莫过于女人的腿！——蹭着她小腹，他闻到了棉布裙子和上衣的气息，而这一切又是同盛开的果园，同卡佳交融在一起的；夜莺忽近忽远，无精打采的啼鸣声，无数蜜蜂不停地发出的撩人而又昏沉的嗡嗡声，暖洋洋的空气中，飘散着的蜜香，乃至背部贴着地皮这种感觉，都激起了他某种剧烈的、势不可当的渴望，这种渴望折磨着他，使他感到难受，感到正常人无法体会的痛苦。

突然，云杉树上有什么东西沙沙动了起来，起初那东西开心地、幸灾乐祸地咯咯笑了几声，然后震耳欲聋地发出"咕咕！咕咕！"的叫声，叫得那么近，那么清晰，那么尖厉，那么可怕，以致当布谷鸟开始哀鸣，他都可听到沙哑的喉音和尖尖舌头的颤动声，这使他顿时渴望起卡佳来，渴望她，要求她无论如何立刻就把这种超乎人类所及的幸福给他。这渴望如此狂暴地包围了他,他冷不丁地站起来,大步流星地穿过树林,使索尼卡大惊失色。

由于对幸福的这种狂暴的渴望和要求,由于在他头顶上,云杉树中回荡起的那么恐怖、那么清楚的叫声,整个春日的世界仿佛天崩地裂了,米嘉突然醍醐灌顶,意识到信不会来,也不可能来了,某件事已经在莫斯科发生,或者马上就要发生了,他完了,毁灭了!

## 15

回到屋里后,他在大厅的镜子前站了一会儿。"她说得有道理,"他寻思着,"我的眼睛是拜占庭式的,要不至少也是疯子的。还有这又干又瘦的身材呢?跟木炭一样,粗俗不堪,眉毛也一样,忧郁的;头发又硬又黑,正如索尼卡所说,不是活脱脱像马鬃吗?"

但就在这时,听到身后有个人光着脚,快步轻盈地走了过来。他有点不好意思了,连忙转过身去。

"没错,准是恋爱了,所以整天照镜子。"帕拉莎一边亲热地同他开着玩笑,一边端着滚烫的茶饮,迅速打他身旁走过,朝阳台跑去。

"妈妈想要见您。"她补充道,举起手把茶饮搁到已经拾掇干净、准备用茶的桌子上,然后转过身来,飞快地瞄了米嘉一眼。

"大家都知道了,都猜着了!"米嘉想着,强打起精神来问道:

"她在哪儿?"

"在自个儿屋里。"

太阳已绕过屋顶,在西天落下,长满针叶枝丫的松树和阳台下树影斑驳的冷杉被阳光照耀得像镜子般发亮。树下的灌木丛也像玻璃一般闪亮,已呈现出一派夏日的气息。桌上映着清澄的树影,几寸土地上,日影斑驳、炙热、明亮,台布仿佛也闪着光。黄蜂在盛着白面包的小篮子上、磨砂玻璃的果酱盘上和茶杯上盘旋。所有的这一切都印证了乡村夏天的欢愉,印证了在这里可以过上多么自由自在的幸福生活。为了让妈妈放心,他心中并没有任何沉重的负担,米嘉决定赶在她出来喝茶前先去看她。

于是他离开大厅,走进光线黑暗的走廊;走廊里一扇门通往他的卧室,一扇通往妈妈的,还有两扇通往另两个房间,是阿尼亚和科斯佳回来过暑假时住的。走廊里已变得漆黑一片,奥尔加·彼得罗夫纳的房间变成了深蓝色,摆满了宅地中最老式笨重的家具:一排排旧衣柜、小衣橱和一张宽大的睡床,虽然拥挤,却很舒服,神龛前总是点着盏圣灯,虽说奥尔加·彼得罗夫纳从没有显露出她是特别虔诚的基督徒。屋里的窗户都敞开着,窗口下是个无人问津的花床,紧挨着主林荫道的入口。林荫道后面,整个果园都沐浴在余晖之下,欢快地闪耀着绿白两种颜色。这番熟悉的景色,奥尔加·彼得罗夫纳连看都不看一眼,只管戴着眼镜,坐在窗边的扶椅上,迅速地织起毛线来。她四十岁上下,高大,消瘦,黑发,严肃,性格稍稍有些冷漠。

"妈妈,你找我吗?"米嘉跨进门,站在门槛边上问道。

"没有,没什么重要的事,我只是想看看你。现在除了吃午饭的时候,我几乎看不见你的人影。"奥尔加·彼得罗夫纳没有停下手头的活儿,回答说,她的态度显得有点异常,过于若无其事了。

米嘉想起,卡佳在3月9日那天曾经说过,她不知为什么怕他的母亲,还想起了她这句话中令他愉悦的暗示。

他难为情地嘟囔着说:"也许你有事要跟我谈吧?"

"不,没什么事,我只觉得你最近总是闷闷不乐,有些无所事事,"奥尔加·彼得罗夫纳说,"你不妨出去串串门,比方说去麦谢尔斯基家,他家有好几个待嫁的姑娘,"她补充道,微微一笑,"再说,他们也是非常和蔼可亲、热情好客的人家。"

"我很高兴能去拜访,这几天就抽空去一趟,"米嘉不大情愿地回答说,

"走，咱们喝茶去吧。阳台上可美呢……喝茶时再聊。"他嘴上虽然这么说，可心里明白得很，妈妈敏感又机智，是不会再回到这类毫无意义的谈话中去了。

他俩在阳台上几乎一直坐到太阳西沉。喝好午茶，妈妈又继续打毛线，一边跟他谈着邻居家的事，谈着农务，谈着阿尼亚和科斯佳——阿尼亚今年八月又要补考；米嘉虽然听着妈妈讲，不时地回答几句，可是自始至终有一种好像离开莫斯科之前的感觉，他又觉得像醉酒似的昏昏沉沉，语无伦次，仿佛得了重病。

黄昏时，他足足两个钟头不停地在宅地各处来回踱步，一再穿过大厅、客厅、起居室、一直走到藏书室内斜对着果园的南窗前。他看到残阳穿过松树和冷杉枝丫间的空隙，柔和地映红了大厅和客厅的窗户，听到聚集在下房附近准备吃晚饭的雇工们的谈笑声。迟暮时分，他看着一排排卧室和藏书室的窗户，看着一颗一动不动的玫瑰红星星挂在干净、藏蓝的夜空中，老枫树葱翠的树冠和果园中如冬雪般的花海，在这片藏蓝色天空的映衬下，尤其像画境一般。可他却来回地走着，走着，对家里人将怎么谈论他这个举动已毫不在意。他咬紧牙关，咬得头都疼了。

## 16

从这天起，他不再注意即将到来的夏天给他周围带来的变化。他虽然看到了这无处不在的变化，甚至感觉到了，可是对他来说，它们已经失去了本身所有独立的价值。欣赏景物的变化竟成了他痛苦的来源：景色越是美丽，带给他的痛苦就越大。现在卡佳完全占据了他的脑海，到了一种荒唐的地步，她像幽灵一般无处不在、无孔不入，加之每一天都越来越令他害怕，也令他确信，她对米嘉来说已经不复存在，她已在另一个什么人的主宰之下，她已经把自己和自己的爱情交托给另一个人了，虽然卡佳和她的爱完完全全属于米嘉他自己。每一天都越发残酷地印证着这一事实，世间的一切在米嘉看来已经没什么可留恋的了，世间的美景，以及它们的魅力，只能让他徒生痛苦。

夜里他几乎总是失眠。月夜的优美真是无与伦比。夜间的果园银辉满地，寂静深沉，好像每一片叶子和每一条枝丫都故意地停止了摇曳。夜莺由于享尽爱情的愉悦而倦怠了，小心翼翼地啼啭着，竞相施展歌喉，比比谁的曲儿更甜蜜、更婉约、更贞洁。苍白的月亮静静地、温柔地低悬在果园上空，身边总是形影不离地伴随着朵朵如湖面涟漪般美得无法形容的淡蓝色浮云。米嘉躺在没有窗幔的卧室里，果园和月亮一直睥睨着他的房间。每当他睁开眼睛，向银盘般的月亮望去时，就立刻像着了魔似的在心中呼唤着："卡佳！"而且心情既是那么狂喜，又是那么痛苦，以致自己都觉得恐惧：为什么一看到月亮就联想起卡佳呢？月亮和卡佳又有什么关联呢？可事实上却联想得起来些许，这不禁使他感到诧异，那东西甚至看得见的！但有的时候他却什么都看不见，对卡佳的想念，对他俩在莫斯科共度美好时光的回忆，以巨大的力量牢牢攫住了他的身心，使他像发热病似的浑身打战，祈求上帝——唉，有什么用呢，一切永远无法实现，一切只当徒劳！——让他同她待在一起，就待在这张床上，哪怕是在梦里也好呀。他想起冬天有一次他和她一起去大剧院观看索宾诺夫和夏里亚宾同台演出的戏剧《浮士德》。那天晚上他觉得一切都特别令人神往：无论是在他俩身下敞开的、明亮的、如深渊一般的池座（池座拥挤、湿热，充斥着浓重的香水味），无论是一层层坐着的穿着入时的宾客，用红丝绒装饰的、金碧辉煌的包厢，无论是一盏盏悬在这深渊之上、珠光闪耀的巨大吊灯，无论是在他俩身下，远远的乐池里，指挥舞动双臂演奏出来的一首首乐曲，都使他狂喜不已。那乐曲时而似魔鬼般咆哮，时而又温柔哀怨，难以言喻："古时候，休利国有一个国王……"散戏后，米嘉在浓重的雾气和明亮的月光中，送卡佳回到吉斯洛夫卡街的家中，那天夜里，米嘉在她身边逗留得特别久,对她的亲吻就像上了瘾一般,深夜离开时,带走了卡佳馈赠给他的一条丝带,这是她夜里用来扎辫子的。而现在,在这个令人饱受折磨的五月之夜,他一想起这条缎带,就开始不寒而栗。这条缎带此刻就躺在他书桌的抽屉里。

白天他却睡觉,醒来后便骑马到镇上去,火车站和邮局都设在那个镇上。天气一直不错。也曾下过几阵小雨和雷阵雨,但雨一停,炙热的太阳喷薄而出,继续一刻不停地在果园、树林和田野里进行它紧急的工作。虽然果园里花瓣散落一地,可是满园的果树却更加茁壮、葱翠、浓密了。树林已淹没在繁花和野草之中,夜莺和杜鹃洪亮的啼鸣不绝于耳,召唤人们到它阴森森的腹地中去。田野早已不再贫瘠,不再赤裸裸,而由各式各样庄稼的新芽厚厚地覆盖。于是米嘉便整日整日地在树林和田野里消磨时光。

他觉得每天早晨都站在阳台上或者庭院当中等待管家或者雇工从邮局回来,结果又没有他的信,实在不好意思。再说管家也好,雇工也罢,不是总能抽出空来,骑马到八俄里外去取那些无关紧要的邮件。于是他开始自己去邮局。可即使他自己去,每次也都只能带回一份当地的报纸或者阿尼亚和科斯佳的一封信。他的痛苦已经到了极点。他骑马走过的田野和树林,总是那么的美丽和幸福,沉重地压在他心头,以致他觉得胸中有一种肉体的疼痛。

有天黄昏时分,他从邮局回家时,穿过邻近一座荒废的庄园,庄园里有一个古老的花园,现已同四周的桦树林连成了一片。他沿着假日大街漫步,它是农夫给这个庄园的主林荫道起的名字。两排巨大的黑云杉矗立在宽阔的道路两旁。路面上落了厚厚一层红褐色针叶,壮丽、光滑。夕阳已落到米嘉的左边,它红彤彤的,宁静的斜晖,穿过冷杉木的枝丫,照耀着长廊上铺满针叶的金黄色路面。笼罩着周围的寂静,是那么富有魔力(只有夜莺在花园尽头不停地婉转鸣唱),云杉的香气和宅地四周一丛丛茉莉花的香气是那么甜蜜,米嘉在这片天地中所体味到的幸福,那个很久以前他在此与他人分享的幸福是那么强烈，再加上突然间她又那么生机勃勃地出现在他面前，在残破的阳台上，在茉莉花丛中，赫然站着已成为他新娘的卡佳，以致他自己也觉察到他脸色骤变，成了死灰色。

于是他用整条林荫道都能听见的声音说道："一个礼拜，我就等一个礼拜！要是还没来信，我就开枪自杀！"

## 17

第二天，他很晚才起床。午饭后，他坐在阳台上，腿上摊开着一本书，眼睛望着盖有印章的书页，心里却在呆呆地想："要不要骑马去邮局呢？"

天气炎热，雪白的蝴蝶成双成对地在温暖的青草上，在玻璃似的亮晶晶的灌木丛中飞舞。他望着蝴蝶，可心里却在问自己："是去呢，还是从今以后再也不干这荒唐可笑的事？"

这时，管家骑着匹马由山下来到了宅地门口。他望了望阳台，便径直向米嘉走来。

走到跟前时，他勒住马，说："早晨好，又在看书呢？"然后抿嘴一笑，环顾一下四周，"你妈还在睡觉？"他低声问道。

"我想是吧，"米嘉回答，"有什么事吗？"

管家沉默了一会儿，突然一本正经地说：

"呃，少爷，怎么说呢，虽说书是好东西，可是在什么时候就该干什么事。你干吗要像修士那样过日子？难道村姑们和闺女们还少？"

米嘉没应声，把目光移到书上。"你上哪儿去了？"他问道，没抬眼睛。

"上邮局去了，"管家回答，"肯定一封信也没有，只有一份报纸。"

"'肯定'是什么意思？你为什么要讲这话？"

"因为我知道她还在那儿写信，长长的一封信，到现在还没有写完，"

管家不客气地嘲笑说，因米嘉不接他的茬儿而生他的气，"请拿去吧。"他一边讲，一边把一份报纸递给米嘉，随即拍拍马，扬长而去。

"我要开枪自杀！"米嘉想道，他已铁了心。眼睛虽然望着书，却一个字也没看进去。


18

米嘉自己清楚地知道，世界上最荒唐的事莫过于开枪自杀，打爆自己的头颅，中止自己年轻的、强有力的心脏的搏动，消除所有的思维和感情，毁掉视觉和听觉，告别直到最近才展现在他面前、光辉的、美得难以形容的世界，于是顷刻之间无情地抛弃自己的生活，可是在生活里却有卡佳和即将来临的夏天，有碧空、白云、艳阳、和风、庄稼、村落、村姑、妈妈、庄园、阿尼亚、科斯佳和旧杂志中的诗篇，而在未来的某个地方则还有塞瓦斯托波尔、巴依达尔门，有遍地都是松林和山毛榉的、苍翠而炎热的山脉，有白得耀眼、异常闷热的公路，有利瓦吉亚和阿鲁普卡的花园，有灼热的沙滩绵延在波光粼粼的大海边，有晒得黝黑的孩子和游泳的人，而其中还有卡佳，穿着白色的连衣裙，撑着白色的阳伞，坐在海滩的卵石上，耀眼的海浪拍打着她的双足，唤起人们莫名的幸福感，使人们情不自禁地微笑。

他虽然明白自杀是愚蠢的，但是又能怎么办？在他看来，世界就像一个牢笼，在那里，越是美好的东西，就越残酷，越令人难以忍受。然而他怎样才能挣脱这个恶性循环呢？幸福像潮水般涌来，将他包围，而唯独对他极其重要又不可或缺的那一点幸福，却无从得来。

就说他清晨起床时分，看到的第一件东西是欢乐的太阳，听到的第一个声音是乡村教堂欢快的钟声，教堂就在披着露珠、树影斑驳、鸟语花香的果园后边，而这声音他从孩提时代起便已熟悉。连屋内泛黄的壁纸也显得欢乐而亲切,这些壁纸早在他童年时代就已褪色。但就在这一瞬间,一个念头既使他兴奋,又使他害怕地刺入他的灵魂:啊,卡佳!朝阳中闪耀着她青春的活力;果园的清新自然来自她的清新自然;连喜气洋洋的、轻快的晨钟声中也溢满了她美丽优雅的倩影;陈旧的壁纸不由分说地要求她和米嘉共享乡村的淳朴生活,共享他的祖祖辈辈,这座庄园和宅地中世世代代的生活。于是米嘉猛地掀掉被子,跳下床来,光着两条长腿,显得消瘦,然而却是年轻的、强健的。他只穿着件睡衣,敞开着领子,带着被窝里的暖气,连忙拉开写字台的抽屉,拿起那张他视作珍宝的、卡佳的照片,贪婪地、疑虑地看着,陷入了恍惚之中,她的全部神秘,全部光彩,全部妩媚,以及少女身上、妇人身上那一切诱惑而优雅的东西,全部反映在这张蛇般娇小、狡猾的脸庞上,反映在她的发型里,和她略带引诱而又全然天真烂漫的目光中!然而这明亮的目光却让人琢磨不透,对他保持着一种神秘、快活的沉默,怎么也不愿开口。试问,叫他上哪儿去汲取力量来经受住这既亲切又疏远的目光,经受住这种曾向他表明活着是多么幸福,然而却又是那么可怕的、无耻的、欺骗了他的陌生目光?

那天傍晚,他骑马从邮局归家途中穿过沙霍夫斯科耶,穿过那座长有黑压压云杉林荫道的荒废了的古老庄园时,曾发出一声意想不到的呼唤。这呼唤充分表明了他已经到了极度心力交瘁的地步。当他在邮局窗口前等待,从马鞍上望着邮差在一堆报纸和信件中徒劳地替他翻找信件的时候,他听到身后响起火车进站的隆隆声。这隆隆声和发动机喷出的蒸气,勾起了他对库尔斯克车站和莫斯科的甜蜜回忆,使他的心为之颤抖。后来他离开邮局,沿着乡村的街道骑马经过时,惊讶地发现,每一个走在他前面的身材娇小的村姑,她们扭动的臀部上,都有某种卡佳的东西。他走到旷野上时遇到一辆迎面疾驰而来的三驾马车,瞥见车上两顶女式帽子,其中有一顶是年轻姑娘家的,他差点失声喊出来卡佳的名字。路旁盛开的白花使他瞬间想起了卡佳的白手套,深蓝色的毛蕊花又使他联想起了她面纱的颜色……当他骑马走在沙霍夫斯科耶的大街上时，已是夕阳西下，云杉干燥而甜蜜的香气和茉莉花的浓香，使他强烈地感到夏天的气息，感到这座富饶、美丽的庄园内、古老的夏日生活。于是他朝洒满林荫道、泛着金光的、红彤彤的夕辉望去，朝长满一排排云杉树、伫立在昏暗阴影的宅地望去，突然看到卡佳已经出落成一个勾魂摄魄的妩媚少妇，款款地走下阳台，向果园走去，她的身影是那么的清晰，清晰得就像这座宅地和茉莉花一样。他早已失去了对卡佳本人的概念，在他的想象中她一天比一天卓越，一天比一天美艳，这天黄昏，卡佳的身姿充满了如此巨大的力量，达到了倾国倾城的程度，这使米嘉比那天正午杜鹃在他头顶上鸣叫时更加吃惊。

19

于是他不再去邮局了，他用了最强大的意志，最坚决的努力，终于迫使自己终止了这日日夜夜的奔波。他也不再写信了。因为该写的都已经写了：他曾疯狂地向她保证他爱她，像这样真挚的爱情是举世无双、无与伦比的；他曾恳求她给的爱情，或者哪怕是"友谊"；他还曾昧着良心骗她说，自己病倒了，躺在病榻上还不忘给她写信，期望哪怕能引起她对他一丁点儿的怜悯，对他多少体谅一点，他甚至还威胁地暗示她说，现在看来他只剩一样东西可以让他解脱，让卡佳和他的"交好运"的情敌们远离他：那就是离开人世。他不再写信，不再期盼她的回音，竭尽全力迫使自己消除期待的痕迹（可心底里还是隐秘地抱着一线希望：只要他真的达到了心若止水的境界，不再痴情于她的样子，骗过命运之神的眼睛，信反倒会来）。他想方设法不去思念卡佳，千方百计地寻找能从她可怕的存在中摆脱出来的办法，他又信手拈来什么东西读了起来，又同管家一起到邻乡处理杂务，不断在心底里暗示自己：就这样吧，听天由命吧！

有天他同管家一起从附近的一个田庄回家，跟往常一样，他们把马车赶得飞快。两人都坐在高高的车板上，管家在前驾着车，米嘉则坐在他后面；路上坑洼遍布，因此车子颠簸得厉害，不时把他们两人颠起来，特别是米嘉，他紧紧地抓牢坐垫，一会儿望着管家红彤彤的脖子，一会儿望着在他眼前跳动起伏的田野。快近宅地时，管家放下缰绳，任马慢悠悠地向前走去，动手卷起烟来。

他对着打开的烟荷包低头微笑着说："少爷，您那天还生我的气呀。可难道我讲得没道理？书是好东西，所以休闲的时候就不该读书。反正书又不会长翅膀飞走。在什么时候就该干什么事。"

米嘉脸涨得通红，装出一副老实的样子，尴尬地笑着，说出了一句他自己也意想不到的话：

"可是没有中意的人，所以无事可做……"

"啥叫'没有中意的人'啊？"管家说，"那么多个小村姑大闺女没一个中意的？"

"小村姑只知道耍着玩，"米嘉回答说，努力学管家的那种语气，"大闺女，就更不指望她们了。"

"哪会只晓得飞眼，怕是您不知道怎么接近她们吧，"管家用一种告诫的口气跟他说，"再说您可不能那么小气，干巴巴的汤匙要碰痛嘴的。"

"我才不会舍不得花钱，只要把事情办妥，保证能到手，花多少钱都行。"米嘉回答说，一下子变得不知羞耻了。

"只要您舍得花，包在我身上，"管家点了根烟说。接着，他仍显得有几分委屈，说道，"我可不是贪图您的那一个卢布，不是贪图您的赏赐，我是想做点啥帮帮您。我早就看出来了：少东家害了相思病，总是那么忧郁！我寻思着，不行，不能让他这样下去。我对主子一向是忠心耿耿。我来你们家做事已经两年了，谢天谢地，无论您和太太还没说过我一句不是。比方拿东家的牲口来说吧，换了别人，咋对待东家的牲口？牲口吃饱了——很好，没吃饱——才不管呢。我可不是这样，我把牲口看得比什么都重。我总是跟小伙计们说：你们怎么对我无所谓，可是我那些牲口，非得喂饱不可！"

米嘉已经在想管家准是喝醉了，可管家若有所思地瞅了米嘉一眼，突然改变了刚才那种亲切的、委屈表白的口吻，迅速说道：

"阿莲卡有哪里不好？这小妞长得又漂亮，年纪又轻，男人又在矿上……只是，当然喽，多少得给她点钱。在这桩事上，您全部的花销，我看五个卢布就绰绰有余了。花上个一卢布请她吃一顿，再把两个卢布交到她手里。还有我嘛，随便给点小钱买烟，多少都行……"

"这种事我不会舍不得花钱的，"米嘉又一次不由自主地回答道，"不过你说的是哪个阿莲卡呀？"

"那还用说，当然是护林员家的那个呀，"管家讲道，"您难道不认识她？是那个护林员的儿媳妇。我想，您上礼拜天在教堂里好像见过她的……我当时心里寻思：正好跟我们家少爷匹配！出嫁了才两年，而且挺爱干净……"

"行呀，"米嘉笑嘻嘻地回答道，"你就去办吧。"

"那我就全力去办，"管家一边说，一边拿起缰绳，"我在这几天就去探探她口气。您自己也别睡大觉，注意着点儿。明儿她跟姑娘们一起上咱们家来修果园的围墙——在路堤上，您也上果园里来……至于您的那些书嘛，怎么也不会长翅膀飞走的，再说您回莫斯科可以一次念个够……"

马又撒腿奔跑起来，板车又开始颠簸起来。米嘉紧紧抓牢坐垫，竭力不去看管家红彤彤的粗脖子，而是透过自己家果园里的树木，透过村子里的柳丝，遥望着远方坐落在河岸边、宅地后的河谷。这件出乎意料的、荒唐的、粗俗的使人浑身发冷疲倦不已的事，已办成一半了。他从孩提时代起就已熟悉的钟楼似乎也改变了，它那高耸挺立的样子跟往日不同了，它俯瞰着果园的树木，沐浴在夕阳的残照中。

20

由于米嘉长得干瘦,村姑都管他叫"波尔瑞"。他属于这样一种血统的人:又大又黑的眼睛瞪得滚圆,无论嘴唇上还是两腮上,即使成年之后也不长胡子,只是稀稀疏疏长出几根又卷又硬的毛。可是在跟管家谈后的第二天一早,米嘉就刮了脸,换了件黄色的丝绸衬衫,他那疲惫、似乎又有些焕发生气的脸上,竟显得异样的可爱。

十点多钟的时候,他慢悠悠地朝果园走去,竭力做出一副毫无目的、百无聊赖的样子。

他走下朝北的正门门廊。在北边的马车棚和牲畜栏屋顶上空,在背后矗立着钟楼的果园上空,蒙着一大片灰蒙蒙的烟雾。不仅如此,到处都显得单调、无聊。空气显得潮湿、沉重,弥漫着下房烟筒里冒出的黑烟和气味。米嘉转身绕过宅地,朝长满菩提树的林荫道走去,眺望着果园的天空和树梢。一片片乌云从东南方朝果园后边飘去,乌云下吹来一阵阵湿热的微风。小鸟都不叫了,连夜莺也沉默了。只有无数的蜜蜂采好了蜜,悄声地飞过果园。

村姑们又是在那排云杉旁的小树林干活。她们在整修果园边上的围墙,用泥土和冒着热气的、并不难闻的牲口粪,填埋围墙上被牲畜踩出来的一道道缺口。牲口粪是由雇工穿过林荫道从牲畜栏内用车子装来的,每隔一会儿就运来一车,林荫道上密密麻麻洒满了一摊摊湿漉漉的、发亮的畜粪。村姑一共六个人,索尼卡已经不在其中,父亲到底还是把她嫁了出去,因此待在家里,准备婚事。村姑中还有三个是模样瘦弱的小妞,另外三个,一个是长得富态、妩媚的阿纽特卡;一个是格拉什卡,她仿佛比以前更严肃、更男子气了;还有一个——就是阿莲卡。米嘉从树木中间一眼就看到了她,便马上意识到了这就是阿莲卡,虽说过去从未见到过她。就在这时,有样东西像闪电般猛地击中了他,那就是,在阿莲卡身上有某种东西跟卡佳一模一样，某种也许只有他自己才能辨别的东西。而这强大的力量使他惊愕万分，连脚步都停了下来，沉默不语，后来他毅然决然地径直朝她走去，两眼直勾勾地盯着她。

她也长得小巧玲珑、充满生机。尽管她是来干脏活的，可是却穿着件讲究的（白底红花的）棉布上衣，腰间束着一条黑色漆皮腰带，下身是一条同样颜色的棉裙子，头上包着一条玫瑰红的丝头巾，脚上穿一条大红羊毛紧身袜，脚下踩一双黑色软底麻鞋。那双麻鞋上（或者更确切地说，是她那双纤细的小脚上）也有某种卡佳式的东西，既少妇的，又有几分少女气质的东西。她的头也像卡佳一样小巧，深色的双眸也同卡佳一样闪耀，就连眼睛的位置也同卡佳一模一样。米嘉走过来时，只有她一个人不在干活，仿佛已经察觉到自己的地位较之旁人有那么些特殊，有那么些优越。她站在围墙上，右脚放在她的干草叉上，正同管家谈事。管家用两肘支起身子，依靠在苹果树底下他自己的大衣上面（大衣的衬已经破了），抽着烟。看米嘉走到他跟前，便很顺服地把自己的身子挪到草地上，把铺在地上的大衣让给米嘉坐。

"请坐，米特里·帕雷奇，请抽烟！"他用恭敬而又友好的声音说。

米嘉偷偷地朝阿莲卡瞅了一眼——她的脸在玫瑰红头巾的衬托下，显得光彩熠熠，美丽至极。他随后坐下来，垂着眼睛，点了支烟（他在冬春两季，曾多次戒烟，可现在又抽起来了）。阿莲卡甚至都没有向他问好，仿佛没看见他似的。管家继续跟她谈着什么，米嘉因为没有听见他们前面谈的什么，所以有些没太明白。她爽朗地笑着，然而这种笑声却说明她的脑子和心已不在笑声里了。管家在每一句话里，都以无礼和嘲弄的口气捎带着一些猥琐的暗示。她回答管家时，口气轻浮、随意，同样也语带嘲讽，暗示管家在打某个女人的主意，是个十分愚蠢、放肆的淫魔，同时又胆小如鼠，生怕老婆知道。

"得了，我说不过你，"管家说道，终于不再斗嘴，仿佛已经厌倦了这毫无意义的争论，"你还是跟我们一块坐坐吧。少爷有话要跟你说。"

阿莲卡的眼睛却望着别处，抬起手来把一绺绺黑色的鬈发塞进头巾，身子仍站在原地没动。

"喂，过来呀，傻娘们！"管家讲道。

阿莲卡稍稍犹豫了一会儿，突然优雅地跳下围墙，跑到离米嘉几步远的地方，蹲了下来，用乌黑的、圆滚滚的眼睛快活而好奇地打量着他的脸。

"少爷，您现在真没有相好的？就跟教堂里的助祭那样过日子？"她问道。

"你怎么知道人家没相好？"管家问。

"当然知道，"阿莲卡说，"我听说了，可是人家不能找相好，人家在莫斯科有心上人了。"她突然间直勾勾地抛了个媚眼，说。

"人家找不到中意的，所以宁愿打光棍，"管家回答道，"你怎么知道人家是咋想的！"

"怎么会找不到？"阿莲卡咯咯地笑着说，"小村姑、大闺女还少吗？就说阿纽特卡吧，有什么不好的？阿纽特卡，过来，有事谈谈！"她声音响亮地喊道。

阿纽特卡的背部宽宽的、软软的，手挺短；她掉过脸来——她的脸很迷人，笑容也充满善意，讨人喜欢——用悦耳的嗓音喊了句什么，又掉回头去，干得更卖力了。

"跟你说，过来！"阿莲卡又喊道，声音更响了。

"我才不过去哩，我可不知道这种事。"阿纽特卡愉快地像唱歌般回答道。

"我们不需要阿纽特卡，我们要的人得干净些，拿得出手些，"管家用教训的口气说，"我们自己知道需要什么样的人。"说罢，故意地瞥了阿莲卡一眼。她有些惊慌失措，脸上泛起了淡淡的红晕。

"不对，不对，不对，"她回答道，强笑着掩饰自己的尴尬，"比阿纽特卡还好的你们打着灯笼也找不到。你们不想要阿纽特卡，那就找纳斯季卡，她也挺讲干净，还在城里住过……"

"够了，赶紧给我闭嘴！"管家突然粗声大骂，"干你的活儿去，别再瞎扯了。太太本来就在骂我，说我净让你们讲些不正经的事儿……"

阿莲卡跳起身来，又轻盈地抓起了铁叉。可这时，雇工倒下了最后一车粪，喊了一声："吃饭啦！"便拽着缰绳，驾着空车沿着林荫道往坡下驶去，车身震得叮当作响。

"吃饭啦，吃饭啦！"村姑们也纷纷喊着，放下铁锹或铁叉，有的跳过围墙，从围墙顶上跳下，有的光着腿，有的穿着颜色各异的紧身袜，急忙跑到云杉树下去拿各自的食品包裹。

管家斜视着米嘉，向他眨了眨眼，好像在说事情有门了。

他站起身来，打着官腔说："好吧，吃饭就吃饭……"

在黑压压的一片云杉树下，村姑们的衣服更显得明亮艳丽。她们三三两两，随意地在草地上坐下来，解开小包裹，拿出一片片未发酵的面包，放在伸得笔直的两腿间的裙子上，有的就着一瓶牛奶，有的就着一瓶克瓦斯，嚼了起来，一边继续叽叽喳喳讲话，每说一个字就哈哈大笑，时不时用好奇和引诱的目光瞥米嘉一眼。阿莲卡凑到阿纽特卡耳边，悄声说着什么，阿纽特卡忍不住，迷人地笑了起来，使劲把她推开（阿莲卡笑得喘不过气来，把脑袋埋到了自己的膝盖上），装出嘲讽的、气呼呼的样子，用甜美的嗓音高声讲话，震动了整排云杉：

"傻妞！有什么可乐的？干吗一个劲儿咯咯地笑？"

"走吧，米特里·帕雷奇，"管家说，"鬼知道她们在搞什么名堂！"

21

第二天是礼拜天，所以果园里没人干活。

礼拜六晚上下了一场大雨，雨水打在屋顶上发出哗哗的响声，果园时不时被苍白的闪电照亮,仿佛童话世界中一般。清晨时分,天又转晴了,一切又重返凡间,变得淳朴而又温和。而米嘉呢,也被钟楼上充满阳光的欢快钟声唤醒了。

他不慌不忙地洗漱、穿衣,喝了一杯茶,然后准备去教堂礼拜。"妈妈早就去了,"帕拉莎温柔地责备他说,"可你却像个鞑靼人似的……"

有两条路通往教堂:一条是由庄园的大门出去,往右拐,沿着牧场走;另一条是出宅地,沿主林荫道,往左拐,走果园和谷仓间的大路。米嘉出发,朝果园走去。

现在完全是一派盛夏景象了。米嘉穿过林荫道的树丛,径直迎着正在焦烤着打麦场和田野的旭日走去。尽管米嘉昨夜又是通宵失眠,百感交集,可是这教堂的钟声是那么清脆、宁静,那么和谐地同他以及这个乡村早晨的一切景物交融在一起,加上他又刚刚洗过脸,梳好了光滑乌黑的头发,戴着顶大学生帽子,一切在米嘉看来都是那么美好,骤然产生了一股强烈的希望,希望能摆脱这一切痛苦,获得拯救。钟声依然悠扬,发出一声声召唤;前面打麦场上闪耀着强烈的日光;一只啄木鸟抬起头,在菩提树的一根疙疙瘩瘩的树枝上站了一会儿,随后迅速地沿着树枝向满是朝晖的翠绿树冠跑去;紫红色的蜜蜂舞动着丝绒般的身躯,专心地在花丛中采蜜,小鸟无忧无虑的甜蜜啁啾声响彻整个果园……

这一切是在孩提时代、少年时代无数次见到过的,往昔那无忧无虑、充满魅力的美好时光历历在目,突然间使他产生了信心:上帝是怜悯的,说不定没有卡佳也照样能在世上活下去。

"真是的,我为何不去麦谢尔斯基家串串门呢?"米嘉自己琢磨着。

可就在这时,他抬起眼睛,看到在离他二十几步远的地方,阿莲卡碰巧走过果园的大门。她还是包着那块玫瑰红的丝头巾,穿一身人时的淡蓝色花边连衣裙和一双新皮鞋,鞋跟上钉有铁掌。她扭动着诱人的臀部,快步走着,没有看到他,他连忙从林荫道闪躲到树背后去了。

看她消失在视线中之后,他急忙返回宅地,心怦怦直跳。他突然意识到,他去教堂怀有隐秘的动机,是想去看她一眼,然而去教堂里看她是罪恶的。

## 22

吃午饭时,邮差从车站送来了一份电报——是阿尼亚和科斯佳拍来的,说他们将于明晚回来。米嘉对于这件事表现得十分漠然。

午饭后,他躺在阳台上的藤躺椅上,仰面朝天,合上了眼睛,感受着阳台边上炙热的阳光,聆听着夏天苍蝇的嗡嗡声。他的心好似在颤抖,脑子里一直在想着那个没有解决的问题:跟阿莲卡的事下一步计划怎么进行?能否一劳永逸,一下子办成?为什么昨天管家不开门见山地问她肯不肯,如果同意的话,在何时相会,在何地相会?同时还有另一些问题也在折磨着他:虽说他已经决心不再去邮局了,可是今天是不是再去一次,最后的一次?但会不会再一次徒然地嘲弄自己的自尊呢?这种可怜的希望会不会再一次使自己饱受折磨与煎熬呢?然而时至今日,即使去趟邮局,就当出门溜达一圈,又能增加他多少苦恼痛苦呢?可是他难道到现在还不明白,在莫斯科,对他来说,一切已经完全结束。时至今日他又能做些什么呢?

"少爷,您起来了吗?"一个轻柔尖细的声音从阳台旁传来。

米嘉睁开眼,发现管家正站在他面前,身穿一件崭新棉布衬衫,头戴一顶新帽,焕发着节日喜庆的气息。管家看上去半醉半醒,稍有倦意,不过自己确实很满意。

"少爷,快,咱们上森林里去,"他耳语道,"我跟太太讲过了,我得去找特利丰谈养蜂的事。趁太太这会儿睡午觉,咱们快走,要是她醒过来,说不定又会改变主意。咱们带点什么请特利丰吃,把他灌醉,您拖住他同他讲话,我就抓住机会,偷偷找阿莲卡聊聊天,说动她的心。您快出来吧,我已经套好车了……"

米嘉跳起身来，跑过仆人室，抓起帽子，就快速朝马车棚走去。那里，一匹烈性的马已套好在板车上了。

## 23

小马驹刚一跑起来就像阵旋风似的奔出大门。他们在教堂对面的小商店停了一会儿，买了一瓶伏特加和一磅腌肥肉，随即又风驰电掣般朝前飞奔而去。

他们来到村口那幢农舍跟前，精心梳洗打扮一番的阿纽特卡正若有所思地站在门口张望。管家开玩笑地朝她喊了句什么粗话，随即带着些许醉意，毫无意义地、恶狠狠地勒紧缰绳，用它抽打着小马驹的臀部。小马跑得更快了。

米嘉颠得坐不稳，用尽全身力气抓着车帮。太阳温暖舒适地烤着他的后脑勺，田野的热风迎面扑来，飘散着一阵阵黑麦、尘土和车辖辘润滑油的气息。黑麦微微泛起像珍贵兽皮似的银灰色波浪，向后退去；在麦田上空，无数云雀时不时打着转，唱着歌，飞舞着掠过麦田，然后又飞落下来；远方现出柔和的、深蓝色的森林……

一刻钟以后，他们已进入森林，仍然以原来的速度在树影斑驳的车道上疾驰，一路上不时撞到树桩和树根；这车道叫人看着也喜欢，路面上日影斑驳，路两旁花草丛生。阿莲卡仍穿着那件淡蓝色的连衣裙和一双短靴，伸直双腿，坐在小橡树丛里刺绣。管家扬起鞭子吓唬了她一下，驾着车飞快地驶过她身旁，在门口猛地停了下来。林中橡树嫩叶清新、苦涩的香气，好闻得使米嘉感到诧异。一群小狗围住板车汪汪直叫，满林子响起回声，震耳欲聋。这群小狗用各种声调狂怒地叫着，可它们毛茸茸的脸却挺友好，而且还摇着尾巴。

米嘉和管家爬下车来,把小马驹拴在一棵因遭雷劈而枯死的树上,然后穿过昏暗的门厅,走进屋内。

守林人的小屋既整洁,又舒适,也非常狭小,屋里有两扇小窗,阳光从树木后面透过小窗斜射进屋里,显得有些炎热,再加上早晨又生炉子烤过面包,就更热了。阿莲卡的婆婆费多西亚是个模样好看、又爱干净的老妇人,此刻正坐在桌旁,背朝着照满阳光、爬有许多小蚊虫的窗子。一看到少东家,她连忙站起来,深深鞠了一躬。他俩向她问好后,坐到凳子上,抽起烟来。

"特利丰在哪儿?"管家问。

"在储藏间里歇着呢,"费多西亚说,"我这就去叫他。"

"有门儿啦!"管家等她刚一出去,就朝米嘉眨巴着两只眼睛,耳语说。

可是米嘉直到此刻并未看到一丝迹象。他此刻只是尴尬得无地自容,觉得费多西亚已经完全猜出了他们的来意。整整三天来,一直有个可怕的念头掠过他的脑海:"我这是在干什么呀?我怕是疯了吧!"他觉得自己成了梦游病患者,正身不由己地受着某种外力的控制,越来越快地把他推向一个致命的、然而又无法抗拒的深渊。但他仍竭力装得若无其事,坐在那里抽烟,打量着这幢小屋。一想到特利丰马上就要进屋了,他就感到无比羞愧。听人说这是个聪明、但有点暴脾气的庄稼汉,准会比费多西亚更清楚地一眼看穿他打的什么主意。可同时,又闪过一个念头:"阿莲卡她晚上睡哪儿?在这个床板上还是贮藏间里?"他想,当然是睡在贮藏间里。贮藏间的小窗既无窗框又无玻璃,通宵都可听到树林睡意蒙眬的絮语,而她却躺在那里,酣然入梦……

24

特利丰走进屋来时,也向米嘉深深地鞠了一躬,但一声不吭,也没抬眼看他，后来他坐到桌子跟前的长凳上，开始跟管家攀谈，语调干巴巴地、很不友好地问："找我有何贵干？"管家连忙解释道，是太太派他来的，太太想麻烦特利丰去检查一下她家的养蜂场，她家的养蜂人是个聋子，是个老糊涂。可他特利丰却是养蜂的高手，对蜜蜂的知识和了解，全省就属他最能耐了。他一边说，一边赶忙从一个裤兜里掏出一瓶伏特加，又从另一个裤兜里掏出一包腌肥肉，包腌肥肉的灰色粗纸已浸透了油渍。特利丰冷冷地、嘲讽地斜瞟了一下他，可是站起身来，从隔板上拿下一只茶杯。管家先给米嘉倒了杯酒，然后给特利丰倒，又给费多西亚倒了一杯（她津津有味地细细品尝着），最后才给自己倒。管家喝完后，一边嚼着片面包，一边张大鼻孔，又开始给大家倒第二杯。

特利丰很快就醉了，但并没有改变那种冷冰冰的、不太友好的嘲讽态度。管家喝完第二杯酒后，已经完全不省人事。他跟特利丰交谈着，表面上虽然显得很客气，可两人的眼睛里都流露出疑虑和敌意。费多西亚坐在一旁看着，没吭声，样子虽然很客气，可是也显然感到不太高兴。阿莲卡没有露面。米嘉已不再盼望她会进屋来，而且清楚地意识到，这是个多么荒唐的计划——阿莲卡连来都没来，还指望管家能偷偷地"说动她的心"？于是他站起身来，板着脸说，该走了。

"待会儿，就一会儿，着什么急呢？"管家阴沉着脸回答道，"我还有两句悄悄话要跟您讲哩。"

"那你就在回去的路上讲吧，"米嘉委婉地说，但脸色更严肃了，"咱们走。"

可是管家却用手掌拍了一下桌子，叫人摸不着头脑地说："您听着，这话是不适合在回去的路上讲！走，跟我一块出去一下……"

说着，跌跌撞撞地站起来，打开了通往前厅的门。

米嘉跟着他走了出去。

"说吧，什么事？"

"嘘，小声点儿！"管家摇摇晃晃地走过去把米嘉身后的门关上，故作神秘地耳语道。

"到底什么事？"

"您别讲！咱们的事儿眼看就要成功了！包在我身上！"

米嘉推开他，走出门厅，在门口停了下来，拿不定主意：是再待一会儿再走呢，还是他一个人先走，或者干脆走着回去？

离他十步以外是苍翠的密林，现在已被暮色覆盖，因此显得越发干净、清新、可爱。落日已经悄悄沉到树梢后面，把一束束泛红的金光透过枝丫投射到地上。突然，在森林深处，在沟壑的后边，回响起了女人一阵阵银铃般的声音，这声音是那么诱人，那么充满魅力，只有在森林里，在夕阳西沉时方才如此。

"啊呜！"那女人拖着长声呼唤着，看来是要激起树林的回声，"啊呜！"

米嘉迅速地跳下台阶，穿过高高的草丛和野花，向密林中奔去。前面斜亘着一道嶙峋的沟壑。阿莲卡正站在沟壑底部，嘴里嚼着一根黄花草。米嘉跑到沟壑边，停了下来。她立刻惊诧地仰起头来望着他。

"你在这儿干吗呢？"米嘉轻声问她。

"找我们家的玛鲁西卡和母牛。有啥事？"她也轻声地问他。

"怎么样，你来不来嘛？"

"我凭什么白白来呢？"她说。

"谁跟你说过白来的？"米嘉耳语似的反问，"这个你放心就好。"

"那什么时候去？"阿莲卡问。

"就明天吧……你明天能来吗？"

阿莲卡停顿了一下，想了想。

"我明天要回娘家剪羊毛，"她谨慎地观察着米嘉身后斜坡上的树林子，说道，"天只要一黑，我就来。可上哪儿去呢？谷仓可不行，别叫什么人撞见了……还是你们家谷地里的那个窝棚好,您看咋样?不过叫我白来,我可不干……这儿可不是莫斯科,"她微笑着,从堃底望着他说,"听说,婆娘倒贴钱……"

## 25

回家时他们在旅途上颜面尽失。

特利丰不愿老是欠着这份人情,也拿出了瓶酒请客,而管家则醉得不省人事,猛地扑到了车上,小马驹受了惊,差点撒腿跑起来。但米嘉没吱声,面无表情地望着管家,耐心地等他爬上车。管家又莫名其妙狂怒地牵着马,米嘉还是一声不吭,牢牢地抓住座椅,眺望夜空和在他面前一跃而过的田野。在田野上空,云雀趁太阳落山之前,唱完它们简短的歌曲;在东边天上,天色越来越黑,夜幕即将降临,夏日空中不时打着宁静的闪,没有下雨的意思,而只是预示明天晴空万里。米嘉完全懂得身边这黄昏的美景,可是此刻一切又显得那样的陌生。他的脑子里,他的心里,只想着一件事:明天黄昏!

家里有个消息等着他:阿尼亚和科斯佳他俩将乘明天傍晚的火车到达。他吓了一跳,明天他俩到了以后,趁天还没黑,上果园跑跑转转,万一不小心跑到了谷地的窝棚里可怎么办!……但是寻思了一下,他俩抵达车站就得十点以后了,然后还要给他们吃饭,喝茶……

"您要去车站接他们吗?"奥尔加·彼得罗夫纳问。

他感觉到自己脸色都发白了。

"不。我不怎么想去,再说也坐不下。"

"那没关系,你可以骑马嘛……"

"那倒是当然,可我不知道……其实,我根本没必要去接他们,至少现在我还不打算去……"

奥尔加·彼得罗夫纳盯着他。

"你身体不舒服？"

"舒服得很，"米嘉粗声粗气地回答说，"我只是困得要命……"

他没多说什么，转身就回到自己的卧室里，摸黑躺到沙发上，衣服也没脱，就沉沉睡着了。

半夜，他听到从远方传来旋律舒缓的音乐声，发现自己正悬在一个光线幽暗的巨大深渊上。深渊渐渐亮起来，变得越来越金碧辉煌，越来越人山人海，后来非常清晰地听到了无限哀愁、温柔、凄凄切切的歌声："古时候，休利国有个善良的国王……"他感动得打了个哆嗦，翻了个身，又沉沉睡着了。

## 26

这天白昼长得好似没有尽头。

米嘉像个泥塑木雕人那样去喝茶，去吃饭，然后又回到自己的屋里躺着，从书桌上拿起那本已摆在那里好几个星期的佩谢姆斯基的文集，看了起来，可是一个字也没看懂。有时候他只是呆呆地望着天花板出神，听着窗下沐浴阳光的果园里传来的和谐、柔滑的喧闹声……然后，他站起身来，到藏书间去换了本书。但是一走进这间古色古香的房间，看到那令人欢畅的景致——从一扇窗里可以看到那棵珍贵的枫树，从另外几扇窗里可以看到阳光灿烂的西半边天——他立刻心痛地回忆起他坐在其中翻阅旧杂志诗篇的那些春光明媚的日子（如今这已成为远在天边的往事了），并觉得这间屋子是属于卡佳的，于是突然转过身子，往回就走。"见鬼去吧！"他愤懑地想道，"这种诗意的、悲剧的爱情，给我见鬼去吧！"

他想起来自己曾计划过，如果卡佳不来信，他就开枪自杀，他为自己曾有这样的想法而感到气愤，于是又重新拿起佩谢姆斯基的书来看，可仍然什么也没看懂。有时候,眼睛望着书,心却在惦记着阿莲卡,肚子也时不时地颤抖起来。越临近黄昏,那股颤抖就越频繁。宅地中的说话声和脚步声、院子里人们的说话声(他们已经忙活着套车去车站了),越来越好像是在病榻中听到的一样。人在病中,卧床不起,而周围的日常生活却像往日般照旧进行,却对你如此漠然,因此,你会觉得生活是陌生的,甚至是敌对的。帕拉莎终于在什么地方高声喊道:"太太,马套好了!"接着响起了马铃铛干巴巴的、持续不断的叮当声,然后是嗒嗒的马蹄声和四轮马车驶进台阶前的隆隆声……"唉,上帝啊,有完没完了!"米嘉早已经不耐烦,情不自禁地嘀咕道,但他却没动身子,竖直耳朵听着奥尔加·彼得罗夫纳临行前在仆人室里的叮嘱。突然,马铃铛又持续不断地响了起来,后来这铃声同山下驶去的马车隆隆声渐渐融合在一起,终于消散了。

　　米嘉连忙站起来,走到大厅里。大厅里空荡荡的,充满了黄昏清晰的亮光。整个宅地也是空空荡荡的,这空空荡荡的景象让人感到有些奇怪,有些不祥!米嘉一直怀着种异样的、仿佛是诀别的心情,打量着一排排沉寂的房间:客厅、起居室、藏书间;从藏书间的一扇窗户中,可以望到南方藏蓝色的夜空,枫树翠绿、润滑的树冠和高悬在枫树上空粉红色的天蝎座明星……然后又朝仆人室里瞅了一眼,看看帕拉莎在不在里边。当他确定那里没有人时,便从衣架上拿下帽子,跑回卧室,爬上窗台,把两条长腿伸到花坛上。在花坛上,他一动不动站了一会儿,然后猫着腰,向果园奔去,一眨眼工夫就闪到了两旁密密麻麻紫丁香和金合欢的寂静的林荫道上。

27

　　由于还没有下露水,果园里的香气并不是特别浓郁。可是这天傍晚,尽管米嘉的一切行动都是无意识的,他却仍然觉得有生以来(也许除了孩童时代）还从未遇到过果园散发出像此刻如此多样、如此强烈的香气。一切都是香的：金合欢丛，丁香的叶子，醋栗的叶子，牛蒡，苦艾，野花，小草，泥土……

米嘉快走几步，又燃起了一种可怕的想法："要是她不来呢？"这会儿他认为他的整个生命都维系在阿莲卡来还是不来上。走了几步，他闻出在花草树木的芳香中还夹杂着从村里飘来的袅袅炊烟的香气，便又一次停下来，回头张望：只有一只甲壳虫在他身旁缓缓地飞着，发出嗡嗡的声音，它飞舞时扇动着微小的翅膀，仿佛是在散播着暮光、安宁和寂静。然而天仍然是明亮的，初夏的晚霞以她那水平的、缓缓燃烧的光线照亮了西半边天，宅地的屋顶上空高高地挂着像镰刀一般弯曲、锋利的月牙，穿过树林，在透明、空旷的蓝色苍穹中发出银色的光亮。米嘉望了月牙儿一眼，迅速地、幅度很小地在心口画了一个十字，便跨步走进合欢树丛。这条支道本来是可以通向谷地的，但他要从左边斜着穿过去，抵达窝棚。刚走出合欢树丛，米嘉就在低矮而又舒展的枝丫间奔跑着，不时弯下身子避开树枝，或者把树枝推开。不一会儿，他已奔到约会的地点。

他胆战心惊地钻进昏暗的窝棚，一股浓重的、干草的霉味扑鼻而来，他在黑暗中凝视了一圈，怀着一种如释重负的心情确定里面还没有人。但是那个劫数难逃的时刻已经迫近，他站在窝棚旁，全身的感官好像都处在一种极度紧张的状态，注意力集中在树丛中，等待某人的到来。今天一天，他的肉体几乎没有一刻不是特别亢奋的。现在这种亢奋状态已经到达了极点。但是说来也奇怪，一整天以来，这种亢奋都是独立存在的，控制了他的肉体，却没有渗透他的灵魂。但是心脏却跳动得很厉害。而此刻周围又静得出奇，以致他只听见一种声音——自己强烈的心跳声。无数温柔的、颜色素淡的小飞蛾，悄无声息地绕着苹果树枝头回旋飞舞，在错综复杂、各式各样的灰色树叶间震动着柔软而不知疲倦的翅膀。使人觉得周围寂静的氛围因这些小飞蛾而变得更静谧了，仿佛正是它们用魔法镇住了这寂静。

骤地一下,他身后有什么东西咔嚓一响。他猛地转过身去,朝围墙前的那排树木望去,只见苹果树的枝丫下面一个黑糊糊的东西正朝他移近。但是还没等他看清究竟是什么,这黑糊糊的东西已经跑到他跟前,做了一个大幅度的动作——原来是阿莲卡。

她往后一仰,把蒙着脑袋的家织黑羊毛短裙放了下来,露出了她那惊慌的但却明亮的、微笑着的面庞。她赤着双脚,下身只穿一条短裙,上身穿一件原色的粗布衬衣,衬衣的下摆塞在裙子里。衬衫里面耸起少女般挺拔的胸脯。敞得很开的衣领,袒露出了她的脖子和一部分肩膀,袖子卷到肘部以上,裸露出丰满的小臂。她身上的一切,从她小巧的头部,到头上黄色的丝绸手帕,再到那双既有女人味又有孩子气的纤美赤足,无不显得美好、优雅、迷人。米嘉过去只见到她穿着入时,浓妆艳抹,今天第一回看到她简朴的魅力,不由得打心底里赞叹不已。

"好,要快点。"她偷偷摸摸地、快活地耳语说,掉过头去张望了一下,说罢,便钻进了暮色苍茫的腐臭窝棚。

她在窝棚里停了下来。米嘉咬紧了抖得咯咯作响的牙齿,急忙把一只手伸进裤兜——由于紧张,他的双腿硬得像铁棍一样——掏出一张皱巴巴的五卢布钞票,塞到她手里。她快速地把钞票藏到怀里,坐到了地上。米嘉坐到她身边,搂住了她的脖子,却不知道下一步该怎么办:现在应不应该吻她?她的头巾和头发上的气息,洋葱淡淡的清香,以及掺杂其中的农舍和炊烟的气味,是那么好闻,使米嘉头昏目眩,充满了欲望,米嘉明白和感觉到了自己为何会如此神魂颠倒。而与此同时,一切都没有改变:他感觉到肉欲可怕的力量,但这力量并未升华为心灵的渴求,并未激起整个身心的欢乐和狂喜,并没有带来全人类都沐浴着的喜悦的疲倦。她身子一仰,朝天躺了下去。他躺在她旁边,贴着她,伸过手去。她尴尬、神经质地笑着,轻轻地抓住他的手,把他的手拉开。

"这可不行。"她说道,又像当真,又像开玩笑。

她把他的手拉开,紧紧地捏在她的小手里,她的眼睛透过窝棚三角形的窗户望着屋外苹果树的枝丫,望着枝丫后面渐渐阴沉下去的蓝色天空和直到此刻仍孤零零地挂在空中的红色的天蝎座星星。这双眼睛的神情表示什么呢?他该怎么办?吻她的脖子和嘴唇?突然,她撩起黑色的短裙,说:

"好,要快点……"

当他俩站起来的时候——米嘉站起来时,大失所望,懊恼至极——她梳理着头发,重新扎好头巾,俨然以他的亲人、他的情妇的身份,亲切地悄声问他:

"听说您常去苏鲍季诺乡。那儿的神父出售猪崽,价钱便宜。您听说过吗?"

## 28

这个礼拜从礼拜三起就下起了雨,到礼拜六这天,从早到晚,毫无生气的天空下着瓢泼大雨。雨水常常伴着大风倾注而下。

整整一天,米嘉不停地在果园里徘徊;整整一天,他都在痛哭流涕,有时连自己都觉得奇怪,怎么会有那么多泪水,怎么会哭得那么厉害。

帕拉莎四处找他,到院子里,到长满菩提树的林荫道上呼唤他,喊他吃午饭,后来又喊他喝下午茶,可他却不吱声。

天气很凉,雨水和潮气刺骨地寒冷。一团团乌云覆盖了整个天空;在乌云的映衬下,翠绿的果园反而显得更加茂盛、鲜艳和明亮。不时刮来的一阵阵劲风把树上的积水吹下来,形成另一场阵雨。但是米嘉什么都没看到,什么都不在意。他那顶从前还是雪白的便帽完全湿透了,成了深灰色,也变了形。大学生制服上装变得发黑了,高筒靴直到膝部都沾满了泥浆。他浑身全都湿透了,脸上没有一丝血色,眼睛哭得又红又肿,疯狂的目光看起来吓人。

他一支又一支地抽着烟,在一条条满是泥泞的林荫道上徘徊踌躇。有时候压根不管有没有路,就在苹果树和梨树湿漉漉的深草中,大踏步地蹚着水,不时撞着果树弯曲的、疙疙瘩瘩的枝丫;长在枝丫上、斑斑点点的青灰色苔藓已被雨水泡胀了。他在被大雨淋得发胀和发黑了的长凳上坐了一会儿,便走到谷地里,钻进窝棚,在湿漉漉的干草上,就在他和阿莲卡睡过的那个地方,躺了下来。由于冰冷的潮气,他那双大手变青了,嘴唇变紫了,脸像死灰一般白,塌陷的两腮上也泛出深紫色。他仰面躺在那儿,一条腿架在另一条腿上,把头放在手上,两眼莫名其妙地盯着黑糊糊的麦秆顶棚,一大滴一大滴铁锈色的水珠儿从顶棚滴落下来。后来,他的眉毛开始跳动,颌骨绷得更紧了。他猛地跳了起来,从裤子口袋里掏出一封信——信是昨晚土地测量员捎来的,他来庄园办事,要住上好几天,这封信他已经看过一百遍了,信纸已弄脏,揉皱,此时,他开始贪婪地看第一百零一遍:

"亲爱的米嘉,别记恨我,把过去的一切都忘掉吧,忘掉吧!我是个腐化的、薄情的、堕落的女人,我一点也配不上您,然而却疯狂地热爱着艺术!我已拿定主意,绝不反悔。

"我要走了——同谁一起走,您是知道的……您是敏感的人,聪明的人,您会理解我的。我求您,别折磨自己和我啦!你别给我写信,一个字也别写,写也没用!……"

看到这里,米嘉把信揉成一团,把脸埋进湿漉漉的干草上,发狂地咬紧牙关,抽泣地痛哭起来。这个句子中无意地出现了一个"你"字,而就是这个"你"字使他回想起了他俩当初亲昵的关系,甚至使他觉得这种亲昵的关系已经恢复,这柔情超出了人的力量所能负担的程度!然而在这个"你"字下面,却是冷酷无情的声明,如今给她写信也没有用了!啊,是的,他知道,写也没用!一切都结束了,永远结束了!

黄昏前,泼洒到果园中的暴雨比以前要大十倍,而且不时出人意料地打着响雷,这终于把他撵回屋去。他从头到脚淋得水湿,整个身子都在打寒战,冷得他牙齿直打架,他躲在树后向外张望,确定不会有人看到他后,才跑到自己屋子的窗口,从窗外把窗框托起来,爬进房间,锁上房门,扑倒在床上。

天很快就黑下来了。到处——无论是屋顶上、宅地周围和果园里,都能听到哗哗的雨声。雨声却有截然不同的两种,果园里是一种,而宅地附近的又是另外一种。在宅地边,雨水顺着一道道阳沟不停地泄至水塘,发出汩汩声和拍溅声。米嘉脑袋一片空白,昏昏沉沉地僵卧着,双重的雨声激起了他一种莫名的恐惧感,这两种雨声加上他的鼻息、呼出的气息和脑袋三者发出的滚烫的热气,使他觉得自己似乎已经置身于另外一个世界,在另外一个陌生的宅地中度过自己的暮年,并对某件事情产生了可怖的预感。

他知道是在自己的卧室里,由于下雨,也由于夜幕正在降临,室内几乎是漆黑一片的了。而在大厅里,妈妈、阿尼亚、科斯佳、土地探测员正在喝茶聊天,但与此同时,他又恍惚觉得自己是在一幢陌生的宅地中,正在追随一个离他而去的年轻保姆,一种难以名状的越来越强烈的恐怖感,夹杂着情欲和对某人与某人之间暧昧关系的预感,牢牢地控制了他。这种暧昧关系是令人厌恶的,是违背人性的,但不知怎么的,却注定跟他自己也有关联。而这桩事情的导火索是那个有一张苍白的大脸蛋的婴儿。年轻的保姆向后仰着身子走着,以支撑抱在手里的婴儿。米嘉赶紧去追她,追过她后,正打算去看看她的脸——不会是阿莲卡吧——却突然发现自己是在中学校里一间光线昏暗的教室里,玻璃上全部涂满了粉笔字。那女人站在教室橱子的镜子前,却看不到他——他突然成了隐形人。她只穿着一条黄色的丝衬裙,衬裙紧紧地贴住了她圆润的大腿,脚上穿着精致的高跟鞋和网眼黑丝袜,若隐若现地露出腿上的肌肤。她感到甜蜜,感到羞怯,因为她知道马上会发生什么事。她已把婴儿藏到橱子的抽屉里,将辫子从肩后甩过来,重新编着,两眼一边斜视着房门,一边直直地盯着镜子,镜子里露出了她纤小的、稍稍涂抹胭脂的脸蛋,赤裸的双肩,似乳汁般白得泛蓝的小小乳房和粉红色乳头。房门打开了,一个穿晚礼服的绅士精神抖擞地、但又有些害怕地环顾四周,走了进来。他的脸没有血色,胡子刮得精光,头发又黑又卷又短。他掏出一只扁形的金烟盒,随意地吸起烟来。她编着辫子,羞怯地望着他,完全明白他的来意,后来,她把辫子往肩后一甩,举起了赤裸的双臂……他屈尊降贵地抱住了她的腰肢,而她则搂住了他的脖子,露出了黑糊糊的腋窝,贴到他身上,把脸依偎在他胸前……

## 29

米嘉醒了过来,全身冷汗,惊骇而明确地意识到他已被彻底地摧毁。世界无望和黑暗到了如此可怕的地步,甚至超越了地狱,超越了坟墓。屋里一片漆黑,窗外是雨水的敲打声和拍溅声。而这敲打声和拍溅声,使他那因发热而打着寒战的肉体不堪忍受(单单是声音他就受不了)。而最使他惊骇的,最使他不堪忍受的莫过于两性的那种可怕的、堕落的、违背人性的苟合,可他自己似乎就曾伙同那个剃光胡子的绅士做这种苟合的事。从大厅里传来说话声和笑声,这些笑声也是可怕的、堕落的、违背人性的,因为它们对他来说是那么陌生、无情、冷漠,因为它们让他忍受生活的粗暴。

"卡佳!"他猛地从床上坐起来,把脚伸下床,呼唤道。"卡佳,你怎么可以这样!"他大声喊道,深信她是听得见他的话的,她就在这里,只不过不吭不响,不回答他,仅仅是因为她感到惭愧,她已懂得她所做的那一切造成了无法挽回的可怕后果。"唉,算了,卡佳,反正就是那么回事了!"他痛苦地、含情脉脉地悄声说,很想说他愿意原谅她的一切,只要她像过去那样投入他的怀抱,使他俩能一起获得拯救——拯救他俩在那美好春日里的爱情，仅仅在不久以前，这爱情还宛若天堂般美妙。但是，他刚刚悄声说出："唉，算了，卡佳，反正就是那么回事！"立刻意识到，不，一切都已经不一样了：恰恰相反，已经没有挽救的希望，再也回不到他曾在沙霍夫斯科耶庄园里的阳台上，在茉莉花丛中，见到过的那个绝妙的景象了，再也回不去了，永远回不去了。他感到胸口一阵疼痛，泪水随即静静地流了出来。

这疼痛是那样强烈，那样难以忍受，以致他不去想他要做的是件什么事，不去考虑这件事会产生什么后果，而只是渴望哪怕只让他有片刻时间摆脱这种疼痛，再也别待在这个厌恶的世界中了。在这里，他度过了今天这一天，还做了一场人世间最可怕、最恶心的梦。他在暗中摸索着打开床头柜的抽屉，摸到了冷冰冰、沉甸甸的手枪，如释重负地深深叹了口气，张开嘴巴，怀着脱离苦海的喜悦，用力地扣动了扳机。

# 乡村

*The Village*

1

仆人们给克拉索夫斯的曾祖父起了个外号叫吉普赛,他是被杜尔诺沃老爷的猎犬咬死的。吉普赛夺走了主子杜尔诺沃老爷的情妇。杜尔诺沃叫人把他押到杜尔诺夫卡村外的小山坡上,接着向带过来的一群猎狗大喊一声:"上!"吉普赛坐在地上呆了片刻,然后撒腿就跑,可是他怎么能跑得过猎狗呢。

克拉索夫斯的祖父着实交了好运,获得了自由。他离开家乡来到城里,并很快发了迹。他成了一个臭名昭著的大盗。他在考尔拉亚·斯洛博达给老婆租了间棚屋,让她定居于此,制售蕾丝谋生。而他自己,却和一个穷困潦倒的乡巴佬儿贝克曼·贝托夫在省城一带活动,抢劫教堂。他被捕时的表现有好长一段时间为村里人津津乐道。他站在那儿,身穿一件棉绒土耳其长衫,脚踩双羊皮靴子,肆无忌惮地扬着颧骨,转动着双眼,极其"谦卑"地忏悔,承认他干下的勾当:"是的,老爷。是的,老爷。"

而克拉索夫斯的父亲是个小商贩。他在这一地区走街串巷,有一段时间曾居住在老家的诺维克,在那儿开了家小商店,可后来却破了产,又转而酗起了酒,最后回到镇上,不久后就死了。克拉索夫斯的两个儿子迪洪和库兹玛,起初在商店给人家干活,后也做起生意来,他们常常拖着中间带有储藏箱的运货马车,忧郁地喊着:"太太们,有小物件卖了!太太们,快看看小物件吧!"

小物件都锁在贮存箱里。而所谓的小物件就是小镜子啊、香皂啊、戒指、棉布、手帕、针和椒盐卷饼等物品。在贮存箱里也存放着他们拿小物件换来的所有东西:像是死猫啦、鸡蛋啦,手织帆布和旧衣裳……

就这样,他们兄弟俩漂泊了几年,可是突然有一天,两兄弟却差点自相残杀,之后他们就分道扬镳,以免再冒这样的险。库兹玛找了一个放牛的活儿,迪洪则在离的诺维克五俄里的沃尔谷车站旁的公路边租了间小酒馆,开了家客栈和一家纳税商店,售卖一般商品、茶叶、蔗糖、烟草和牛肉。

到了大概四十岁的时候,迪洪的胡子已经变得白花花的了。但是他依然和以前一样苗条高挑,外表俊朗,不苟言笑。他的脸仍然是黑黝黝的,略有痘痕,肩膀依然那样宽阔;说起话来声音尖细,傲慢唐突;行动起来则快速敏捷。只是比起以前,他的眉头常常锁得更紧,眼神也变得更加犀利。

在秋天黑压压的日子里,他要拖着疲惫的身躯追赶那些勒索村子税款和货款的地方警察,他也要向地主购买未收割的作物,并廉价出租土地……他还跟一个哑巴厨子同居了很长一段时间……迪洪觉得:"这不是件坏事,至少她不会四处散播谣言!"那厨子给他生了个孩子,可是在睡觉的时候把孩子压死了。后来,他娶了老沙克霍娃公主的一个中年女佣。结婚后,迪洪得到了嫁妆,已"不再"是如今一贫如洗的德诺沃家族继承人了——那个有些发福却温文尔雅的绅士。虽然二十五岁时就已经秃了顶,但脸上却长满了漂亮的栗色胡子。当迪洪继承了的诺维克家族不算丰厚的家产时,村子里农民都为之叹服,为之骄傲:的诺维克家族的全部财富几乎都归了卡拉索福斯。对于迪洪能够不停地东奔西走,农民们也叹服不已:他卖出、买入,几乎每天都在家产上运作,就像雄鹰紧紧注视着每一寸土地。农民们称叹道:"他可真厉害啊,是个能管家的人!"

迪洪·伊里奇自己也向农民们证实了这一点。他经常意味深长地说:"过日子要精打细算,可不能大手大脚的。给我拉车,就得戴我的马套子。但我这么做也是讲公道的。兄弟,我是个俄罗斯人。我不会白要你们的,但是你们也要记清楚了,我可是一块铜板也不白给!"

而纳斯塔斯雅·彼得洛瓦娜听着这话时,便会怨声载道起来。她面色蜡黄,身材臃肿,头发稀疏灰白,怀过好几次孕,胎儿都是女孩。她走起路来有些内八字,一摇一摆的,像只鸭子。

"你看看你,你这个笨蛋!干吗老在这个蠢货身上白费力气?你总是跟他们讲道理,却没有一点儿用。你看看他,站着的时候总是叉着腿——就像埃米尔布哈拉国王!"

迪洪的小酒馆一面朝向公路,一面朝向车站,另一面朝向粮仓。秋天来临的时候,酒馆旁边会传来低沉、哀伤的、咯吱咯吱的车轮声:一排排装满谷子的马车从马路两端摇摇晃晃地驶来。滑轮一会儿从通道滑向纳斯塔斯雅·彼得洛瓦娜经营的客栈,一会儿滑向黑漆漆、脏兮兮、充斥着肥皂、鲱鱼、廉价烟草、薄荷蛋糕和石蜡气味的商店,不断发出刺耳的噪声。这时,客栈里突然响起一阵对话声:

"喔,彼得洛瓦娜,你的伏尔加酒可真烈啊!快,再给我来一杯。"

"亲爱的,那是你嘴巴甜!"

"你往酒里面放鼻烟了吧?"

"你真是个蠢货,什么都不晓得!"

商店变得越发忙碌起来:

"伊里奇,给我称一磅火腿!"

"兄弟啊,谢天谢地,今年我存了一大堆火腿,应有尽有!"

"火腿怎么卖?"

"便宜得很!"

"店老板,有没有上好的香烟?"

"你爷爷结婚的时候都没抽过这么好的烟!"

"烟怎么卖?"

膝下无子和客栈濒临倒闭是迪洪·伊里奇生活中的两件大事。迪洪年纪越来越大,很显然,他已经当不了父亲了。起初他还对此调侃一番:

"不,我一定会有个孩子的。"他跟熟人这么说,"没有孩子的人生不完整,就像漏种了一块儿地……"

后来,他甚至开始惶恐不安起来:一个老婆睡觉的时候把孩子压死了,另一个总是生死胎,这可如何是好!纳斯塔斯雅·彼得洛瓦娜最后一次怀孕的时候日子可不好过。迪洪·伊里奇有些感伤,还爱发脾气;纳斯塔斯雅·彼得洛瓦娜则偷偷地祈祷,偷偷地流泪,在圣像灯的照耀下,显得十分可怜。她晚上经常会悄悄地从床上爬起来,看看在睡梦中的丈夫,然后费力地跪倒在地板上,痛苦地望着圣像低声祷告,最后像老妇人一样忍着剧痛爬起来。从小时候起,迪洪·伊里奇就不喜欢圣像灯和它们在教堂里发出的虚幻灯光,这一点他都不敢向自己承认。他一辈子也忘不了十一月的一个夜晚,在考尔拉亚·斯洛博达一间偏斜着的小棚屋里,一盏圣像灯亮了起来,灯光是那样的温和、伤感。他父亲纹丝不动地躺在圣像下面的板凳上,闭着眼,尖尖的鼻子向上扬起,蜡黄色的双手扣在胸前。在他不远处,用红布遮挡的小窗户外面,有人唱着哀伤的歌曲,有人在哭喊着,手风琴不入调地拉着，为入伍的人送行……现在，家里的圣像灯时常亮着。

从弗拉季米尔来的小商贩们在小酒馆里面喂过马——所以在屋里面出现了一本《全新占卜大全——纸牌、豆子和咖啡豆的简易占卜法》。到了晚上的时候，纳斯塔斯雅·彼得洛瓦娜常常戴上眼镜，将蜡搓成小团占卜，迪洪·伊里奇则时不时地从旁瞟她几眼。但是得到的答案不是有所冒犯，就是含糊不清，毫无意义。

"我丈夫爱我吗？"纳斯塔斯雅·彼得洛瓦娜问。

"像狗爱棒子。"

"我会有几个孩子？"

"你命中注定一死，地里败草必除。"

这时，迪洪·伊里奇说：

"让我试试……"

他卜的是：

"我要不要和那个人打官司？"

不过，得到的答案也是胡说八道：

"数数嘴里有几颗牙齿。"

有一次，迪洪·伊里奇不经意间看了一眼空荡荡的厨房，发现自己的老婆正靠在厨娘孩子的摇篮旁边，一只麻花雏鸡叽叽叫着，在窗台上啄食玻璃上的苍蝇，她则坐在床板上，晃着摇篮，用可怜而颤抖的声音唱着古老的摇篮曲：

> 我的宝宝睡哪儿？
> 他的小床在哪儿？
> 他睡高高的阁楼，
> 那是张鲜亮的摇篮。
> 别来打搅我们，

请别敲阁楼的门!
他闭上了眼睛,很快进入梦乡,
罩着暗红色的塔夫绸蚊帐……

此时,迪洪·伊里奇脸色骤变,纳斯塔斯雅·彼得洛瓦娜看着他,既没有感到尴尬,也没有感到惧怕——只是哭了起来,泪眼婆娑,轻轻地说:

"看在基督的面上,让我朝圣一番吧……"

迪洪·伊里奇果然领她去了一趟扎顿斯克。不过他在半路上想,上帝一定会惩罚他。惩罚他总是忙忙碌碌贪恋世俗,只在复活节的时候才去一次教堂。而且亵渎上帝的想法还不时钻进脑袋:他常常将自己和圣徒的父母相比,他们不也很长时间没有孩子吗。这想法当然不能证明他是个聪明人,但是他早就发现自己身上还住着一个更蠢的家伙。就在出行前,他收到了一封来自阿索斯圣山的信:"对上帝最最虔诚的恩人迪洪·伊里奇!愿上帝赐你和平与救赎,愿万人称颂的圣母保佑你,使你免遭她在阿索斯圣山上的世俗之苦!我有幸知悉你的善行,你慷慨解囊,资助修建圣殿。我的茅屋已年久失修,破败不堪……"于是迪洪·伊里奇寄了十卢布用于修缮僧舍。他早就不再那么天真了,他非常清楚,阿索斯圣山上破败不已的僧舍太多了,怎么能相信捐上区区十卢布就能让自己扬名天下。不过他还是寄了钱。捐了钱,却没得来善报,纳斯塔斯雅·彼得洛瓦娜最后一次怀孕在剧痛中度过:生下最后一个死胎之前她刚刚睡着,突然间开始哆嗦、呻吟、尖叫……她自己说,做了一个既叫人狂喜,又叫人恐惧的梦,先是看见穿金缕衣的圣母沿着田野向她走来,歌声越来越响亮,越来越和谐动听;不料,从床底下突然跳出一个小鬼——黑暗中虽然分辨不清,但她心灵深处的眼睛却看得一清二楚——这小鬼还趾高气昂地吹着口琴呢!睡在谷仓檐下的阴凉处比睡在屋里的羽毛褥子还舒服。不过纳斯塔斯雅·彼得洛瓦娜有些担心:

"一群狗会过来嗅我的脑袋……"

生养后代的希望全部落空，迪洪·伊里奇更是频频地想："我这么忙忙碌碌到底是为了谁啊？"国家垄断对于他而言简直是往伤口上撒盐。他的双手开始颤抖，眉头紧锁，嘴巴歪着，痛苦万分——尤其是在他说"瞧好了"这句口头禅的时候。他和以前一样，看上去年轻一些——脚踩双羊皮软靴，身穿绣花衬衫，外面套件双排扣夹克，但他的胡子白了，也稀疏了，凌乱了……

夏天好像故意变得燥热干旱起来。黑麦完全烂在了地里。他总想把一肚子的埋怨向顾客们倾吐。

"我家铺子快关门大吉了！"迪洪·伊里奇提起他的烧酒生意就一字一句地自嘲起来，"可不是吗！垄断啦！财政部长想独揽这生意咧！"

"哎呀呀，你看看你，"纳斯塔斯雅·彼得洛瓦娜埋怨起来，"说话也没把门儿！他们会让你死无葬身之地的！"

"你可别吓唬我！"迪洪·伊里奇打断了她的话，忽地扬起了眉毛，"你可塞不住每个人的嘴巴。"

他更加刻薄地向顾客们说道：

"那黑麦才叫人喜欢呢。即使在黑夜里，你也能看见它。你跨出门栏，看着月光下的田地：那里光秃秃的，什么都没有！你走出去瞧瞧，它们都闪闪发光哩！"

圣彼得节前，迪洪·伊里奇在城里的集市上过了四天四夜，一来忧心忡忡，二来燥热难耐，三来晚上失眠，他变得越发沮丧。往年他非常热衷赶集，在暮光中给车轱辘上油，在他和老长工坐的车上填满干草，备好枕头和呢子大衣。他时常夜里出发，吱吱呀呀一路走到天明。在车上，他们先是兴致勃勃地聊上一会儿，抽抽烟，互相讲讲古老的恐怖故事，像是商人赶路夜宿时被谋杀之类的。之后，迪洪·伊里奇就躺下来睡觉——在梦中听得见往来人群交谈的声音，马车东摇西晃像是一直走在下坡的路上，感觉惬意极了。面颊在枕头上翻来翻去，帽子从头上滑落，清凉的晚风吹拂着脑袋，真是太爽了！一觉醒来，太阳还没升起，粉红色的露珠却在绿油油的麦田里闪烁，在远处眺望青翠的低地，白色的小城隐约可见。他舒舒服服地打了个哈欠，朝着远处钟声响起的教堂，在胸前画了一个十字，然后从老长工手里接过缰绳，和清晨冷风里冻僵的孩子一样虚弱，脸色像日光下的粉笔一样惨白……这一回，迪洪·伊里奇让老长工自己驾着货车，他独自坐一辆两轮轻便马车。夜色温暖而明亮，但他却怎么也高兴不起来。他把马车赶得飞快，觉得极其疲惫。集市、监狱和医院的灯火从十里外的城里就能看得到，可他觉得永远都无法接近这遥远而朦胧的灯光。而位于谢普纳亚广场的客栈酷热难耐、臭虫泛滥，客栈门口常常能听到轰轰隆隆的声响，就这样大货车驶进了客店院子的石板地。公鸡早早就开始打鸣，鸽子也咕咕地叫个不停。天空的鱼肚白透过窗子映进来，刺得他再也合不上眼。第二天晚上，他想在集市的货车上过夜，但睡得也很少。帐篷里亮着灯，外面人喧马嘶，熙熙攘攘。黎明时分，眼皮刚刚合上，监狱和医院的钟声却响了起来。一头牛紧挨着他的头发出可怕的叫声。

"真是太受罪了。"在那几个日日夜夜，这种想法常常出现在他的脑海。

牧场上绵延一俄里的集市像往常一样嘈杂、混乱。马在嘶鸣，孩子们在吹笛子。旋转木马的围栏里在演奏进行曲和波尔加舞曲。喋喋不休的男男女女从早到晚沿着满是尘土飞扬、畜粪遍地的通道，在货车、帐篷、牛马、货摊和散发出一股油腻味食品摊儿之间来来往往。像往常一样，一大群马贩子声嘶力竭地讲着价钱；瞎子、穷鬼、要饭的和瘸腿的排着长龙，唱着难听的歌。警察局长的三套车响着铃铛从人群中缓缓穿过，他的车夫穿一件棉绒坎肩，戴一顶孔雀翎帽子……光顾迪洪·伊里奇的客人有很多。有黑头发的吉普赛人，有身穿帆布长袍、脚踩破皮靴的红头发波兰籍犹太人，有穿着褶皱上衣、头戴帽子、皮肤晒得黝黑的地主。来的还有英俊的轻骑兵巴赫金公爵和他穿英伦套装的夫人，以及塞瓦斯托波尔保卫战的老英雄郝沃思托夫。他身材高大,但骨瘦如柴,黝黑的脸上布满骇人的皱纹,穿一身长长的军大衣,一条耷拉着的裤子,脚上套双阔头靴子,头戴顶有黄色商标的帽子,头发染成了死气沉沉的棕色,帽檐下露出两个鬓角。巴赫金相马时侧着身,小胡子底下显出矜持的微笑,还摆动着他樱桃色裤子里的一条腿。郝沃思托夫呢,他慢吞吞地向马靠近,见马用愤怒的眼神盯着他,赶紧收住脚,好像要跌倒似的。他抬起拐杖,用低沉而毫无感情的声音一个劲儿地问:

"要什么价?"

每个人他都得回答。迪洪·伊里奇得咬紧牙关答复,但他开出的价格却吓得买主们空手而归。

他晒得很黑,变得消瘦枯槁,满脸灰尘,他内里痛苦,全身虚弱无力。犯了胃病,痛如刀绞,不得不去医院救治。他在听得见回声的走廊里坐等了两个小时,闻着令人生厌的石炭酸味儿,觉得自己不再是迪洪·伊里奇了,倒像是在他主子或是上司家走廊里等着使唤的下人。医生像教堂执事一样脸颊红润,眼睛明亮,穿一件窄小的、有铜臭味的黑色双排扣礼服。当医生喘着粗气将冰凉的耳朵放到他的胸前时,他赶忙说:"胃几乎不疼了。"但还是因为害怕真得了病而服下了一剂蓖麻油。回到集市上,他就着辣椒和盐巴,大口大口地吞下一杯伏尔加酒,接着他又吃起了香肠和粗面包,喝茶,喝生水,喝酸白菜汤——但是喝了那么多还是感觉不解渴。几个熟人"请他喝啤酒清爽清爽"——他便去了。后来碰到克瓦斯小贩在叫卖:

"来杯克瓦斯吧,冲鼻子的克瓦斯!一戈比一杯,比汽水儿还好喝!"

他叫住了克瓦斯小贩。

"卖冰激凌喽!"一个穿红衬衫、秃着头、汗涔涔的大肚子老头在旁边喊。

他又用象牙勺子吃了份儿像雪一样的冰激凌,凉得太阳穴直发疼。

集市散了，经车轮碾压和人畜踩踏的牧场上尘土飞扬，布满了垃圾和粪便，几乎空空如也。但迪洪·伊里奇是跟别人赌气似的继续在热浪和尘土中守着他没卖出去的马。上帝啊，这是多么好的地方啊，黑土有一俄尺版厚，真肥啊！但是不到五年就会闹一次饥荒。这个城市的粮食买卖在全俄罗斯都是出了名的。但是全城只有一百个人能填饱肚子。那集市又怎么样呢？乞丐、傻子、瞎子、瘸子，整个有一个团那么多，只看上一眼就让人害怕、难受。

第二天早晨，阳光明媚，天气炎热。迪洪·伊里奇沿着古道往回返。首先，他出了城区和市场，后来又渡过了被皮革厂弄得又酸又臭、浅浅的小河。接着又上坡，穿过考尔拉亚·斯洛博达。他和弟弟曾在市场上给马托林商店当过伙计，现在市场上凡人见了他都还鞠躬问好。他童年时住在斯洛博达，这半山坡上原是一个个土坯房，屋面腐败、发黑，到处晒着当柴烧的牛粪块，散落着垃圾、炉灰、破烂……如今，迪洪·伊里奇出生和成长的棚屋已经没了踪影，取而代之的是一幢新盖的小木房，在它的入口处挂了张生锈的牌子："教堂的裁缝索伯列夫"。斯洛博达的一切都和往常一样。门槛旁的猪啊、鸡啊在觅食，门前竖着高高的杆子，杆子上挂着羊角。蕾丝女工们白净的脸颊隔着花盆，透过小窗户向外望。赤脚的男孩儿挂一个肚兜儿，放着拖着树皮尾巴的风筝。文静的、亚麻色头发的女孩儿们在墙边玩儿她们最爱的游戏——娃娃的葬礼。在山头的一块平地上，迪洪·伊里奇冲着坟地画了个十字。坟地的围栏后面、古树中间，本是财主济科夫的可怕坟坑，死者刚下坑，填土的时候坑就陷下去了。他想了想，掉转马头，驶向坟地大门。

白色的大门旁坐着一个织袜子的老妇人，像童话中的老太太那样，戴着眼镜，嘴扁扁的。她是坟地附近孤老院中的一个老寡妇。

"你好，老奶奶，"迪洪·伊里奇把马拴到大门旁的柱子上说，"您能帮我看一会儿马吗？"

老妇人站起来,鞠了个躬,嘟囔道:

"行,老爷。"

迪洪·伊里奇摘下帽子,抬起眼睛,向着圣母升天图在额头上又画了个十字,接着问:

"如今你们人很多吧?"

"老婆子一共有十二个呢,老爷。"

"你们也时常吵架吧?"

"是的,经常吵……"

迪洪·伊里奇从容不迫地穿过树林和坟上的十字架,沿着小路朝古老的木教堂走去。在集上他剪了头发,刮了胡子,因此看上去年轻许多。病后身体也消瘦了些,加上他那晒黑了的皮肤(只在剪去鬓角的三角太阳穴处留下一块嫩白的皮肤),他对童年、青年时代的回忆,他头上这顶新的帆布帽子,也使他越发年轻。他边走边左右张望……人生是多么短暂,多么浑浑噩噩啊!而他周围这块儿圈起来的坟地在和煦的阳光下又是多么的平和、宁静。一阵热风吹过晴空下挺拔稀疏的树梢,在墓碑下投射它们摇曳着的淡淡阴影。待风止树静,火辣辣的太阳又射到了花儿上、草上。树丛中的小鸟儿又唱起了甜甜的歌,蝴蝶无精打采,一动不动地待在发烫的小路上……

迪洪·伊里奇在一个十字架上读道:

死神可怕,
要人命就像收租一样!

但他周围并没有什么可怕的景象。他走在小路上,甚至有一种愉悦的感觉:他发现坟地多了,立着的石碑和锈迹斑斑的十字架之间又添了几座新坟。"1819年11月7日凌晨五点去世"这样的墓碑读起来令人悲伤。

在一个萧瑟的秋天清晨死在一个古老的小县城可不是件好事儿。但在近旁的树林中却有一尊白色的天使塑像，天使的眼睛凝望着天空，下面的像座上刻有一行金字："在主里面死的人有福了"。由于恶劣天气和时间打磨变得生了铁锈的墓碑上能辨认得出几行诗句，那诗是为了纪念某个高级官员的：

  效忠沙皇，
  亲近邻里，
  德高望重……

  迪洪·伊里奇觉得这诗纯属胡编乱造。但是——哪儿会有真理呢？树丛里就遗弃着一块像是脏石蜡做成的颚骨——人的唯一残骸……但这是所有的东西吗？鲜花、丝带、十字架、棺材和尸骨统统都会腐烂、灭亡，化为乌有！不过迪洪·伊里奇继续走，又读到另一碑文：
"死人复活也是如此，所种的是腐败的，复活的是不腐的。"
  所有的墓志铭都以感人肺腑的语言谈到了平和与安息，谈到柔情，谈到人世间不曾有过也不会存在的爱，谈到待人的忠诚，对上帝的顺服，对天国的热烈希望。在那里友人得以重逢，而天国的乐土只有在这里才能相信。墓志铭还说唯有死后方才平等，人们像对待亲弟兄一样亲吻乞丐，使君王和主教一律平等……在围栏最远的一个角落里，在炙热的阳光下昏昏欲睡的树丛中，迪洪·伊里奇看到了一个孩子的新坟，十字架上刻有两行诗文：

  树上叶子别作响，
  科斯佳正睡得香。

他想起了自己的孩子,被哑厨娘睡觉时压死的孩子,不禁潸然泪下。

有条公路从坟地经过,消失在起伏不平的田野尽头,但是从没有人走过,人们更愿意走旁边尘土飞扬的货车车道。迪洪·伊里奇也走后一条。一辆破旧的出租马车迎面飞驰而来——省城里的马车夫把马赶得真快!——车中坐着个城里来的猎人,脚旁边卧着只花斑猎犬,膝盖上放着套了套子的猎枪,脚上踩双高筒皮靴(用于沼泽地上),虽然省城里压根儿就没有沼泽。迪洪·伊里奇咬牙切齿地说:"真该让这懒鬼去当长工!晌午的太阳灼烧着,热风呼呼地吹着,万里无云的天空像块儿石板。迪洪·伊里奇时不时地转过脸,躲避路上飞扬的尘土,他变得更加气急败坏,更焦急地眯着眼睛,看着那瘦小的、干枯的麦子。

路上一群朝圣的姑娘们,个个拄着拐杖,怕是被疲惫和酷暑折磨坏了。她们谦卑地向迪洪·伊里奇鞠躬问好,但他认为只是做作:

"现在倒是谦卑得很!等到晚上歇息的时候,准像狗一样相互乱咬!"

喝得醉醺醺的老农赶着他们的马从集市上回来了,货车掀起腾腾的尘土——他们的头发有的姜黄,有的灰暗,有的乌黑,却又一样的丑陋、消瘦、邋遢。迪洪·伊里奇赶着轰轰隆隆的货车时摇着头说:

"唉,一帮该死的穷鬼!"

一个躺在车上睡觉的人,穿件撕成一条一条的棉衬衣,仰着血迹斑斑的胡子和结了血痂的鼻子,身子挺得直直的,睡觉时来回滚动,活像具尸体。另一个人试图追赶被风吹落的帽子,不小心绊了一跤,迪洪·伊里奇幸灾乐祸地猛抽了下鞭子。他还遇上一辆装有筛子、铁铲、坐有村妇的货车。这些妇女背朝着马,身体随着货车上下颠簸,其中一个人头上反戴着一顶新买的童帽,另一个在唱歌,第三个大声笑着,挥着手向迪洪·伊里奇喊:

"先生,您的车轮掉了!"

他勒住了马,让她们先过,并向那村妇挥了挥鞭子。

在城门外,路转了弯,轰隆隆的货车落到了后面,前面是片宽阔而炎热的草原,他突然又重新觉得世上最最重要的还是"买卖"。唉,周边的人们真是穷啊!老农民们一无所有,全城的庄园衰败不堪,连个小钱都拿不出来……这里需要强势的管家啊,强势的管家!

货车走到半道的时候,路过一个叫罗夫诺伊的大村庄。干热的风横扫过空荡荡的街道和被热浪烤蔫儿了的柳树林,小鸡们忙着在门槛旁的灰渣里吃食。颜色怪异的教堂突兀地伫立在光秃秃的牧场上。教堂后面,一块用干粪坝拦起的浅浅泥塘在阳光下闪烁——一群牛站在泥塘的黄汤中不停地排泄。而一个赤身裸体的人却在那里洗头。他站在齐腰深的水中,胸前戴着一个闪闪发光的铜十字架,脖子和脸都晒黑了,而他的身子却白得出奇。

"帮我卸下马嚼子吧?"迪洪·伊里奇把马赶下充斥着牲口味儿的池塘。老农将一块蓝色的、大理石形状的肥皂扔到岸上,顶着打过肥皂的灰不溜丢的脑袋,害羞地遮住下体,赶忙执行命令。马贪婪地把头伸进水里,由于池水又热又脏,马又把头缩了回去。迪洪·伊里奇轻轻地对马吹了一个口哨,摇摇帽子说道:

"这水多脏啊,你们就喝这?"

"难道你们的水是甜的吗?"农民笑呵呵、有礼貌地反问道,"我们一直以来喝的都是这样的水,这算什么啊,关键是没有粮食……"

车上了路,过了罗夫诺伊村,路两旁都是燕麦地。燕麦又瘦又细,夹杂着矢车菊……在离杜尔诺夫卡不远的维塞尔基村,一大群白嘴鸦长着银白色的大嘴,站在中空的、疙疙瘩瘩的爆竹柳上。不知道是什么原因,这种鸟喜欢往火灾现场飞,那几天下来,维塞尔基只剩下村名和废墟里烧黑了的房架子。废墟里还冒着青烟,散发出一种酸臭味……一提到火灾,迪洪·伊里奇像是被点击过一样说:"这下完了!"他霎时脸色惨白,他的财产一样也没上过保险,很可能顷刻间化为乌有……

从那次迅速的、难忘的赶集回来之后,迪洪·伊里奇就喝起了酒,而且经常喝,虽然喝不到烂醉如泥,但也喝得满脸通红。不过,这并不影响他的生意,也不妨碍他的健康,而且用他的话说"酒能活血"。如今,他经常把自己的生活比作苦役、套索、金笼子。但他的步子迈得更坚实了,好几年单调乏味的生活就这样过去了,一切合起来就像一个工作日。后来发生了一件令他意想不到的大事——日俄战争和革命。

说起战争,起初他还吹着牛皮:"你瞧好儿吧,老弟,哥萨克会剥下那些黄鬼子的皮的!"但不久他又换了语气。

"自己的地都顾不过来呢!"迪洪·伊里奇以严厉的、命令的口吻说,"这打仗简直就是胡闹!"

听到俄军惨败的消息时,他还幸灾乐祸地说:"太好了,这下杀了这帮王八蛋的威风!"

起初,革命和流血使他高兴:

"他们把那个部长收拾得真叫人痛快啊,"迪洪·伊里奇说着说着就一阵狂喜,"连尸骨也没留下!"

不过一谈及没收土地归于国有,他就气得直冒烟:"都是犹太人干的好事儿,还有那些穷酸样的学生!"可是他不明白:人们都嚷嚷着要革命要革命,到头来还不是老样子,一点儿没变:太阳照常升起,黑麦照常开花,一辆辆货车照常开往车站……使他不明白的还有老农们都不吭声,或者是说话躲躲闪闪。

"现在老百姓忒保守了,啥也不说!"迪洪·伊里奇说。

他忘了"犹太人",接着说:

"咱就别拐弯抹角,直说了吧,像是换政府啦、平分土地啦,连小孩儿都明白。也就是说,为谁效力清楚得很,当然,只是不吱声罢了。不过得注意,不能让他们真吱声,不能让他们太张狂!否则他们会把所有东西砸得粉碎!"

当他听到或读到私人拥有五百俄亩以上的土地才会被没收时,他自己

也变成了"挑事的",甚至还跟农民争辩起来。一个农民恰巧站在他的商店旁边说:

"不,伊里奇,可别这么说。出个公道点儿的价钱,你就能把它买下来。要是照你说的那样白拿,可就不对了……"

天气燥热,摞在院子对面谷仓旁的松木板散发着香味。林子后面的车站里,发热的货车车头在呲呲喷气。迪洪·伊里奇站在门前,没戴帽子,眯着眼睛,狡黠地笑着回答:

"蠢货,万一这私有田主子不是个会过日子的人,是个懒汉咋办?"

"谁啊?老爷吗?那就是另一码事了。像他这种人,把他所有的地都收走都不为过!"

"对,说得好!"

可是又有别的消息说,少于五百俄亩的土地也得充公,他立刻慌张、多疑、心不在焉起来,家中的所有事儿都惹他生气。

帮手叶戈尔卡拿着面粉袋儿去商店外面抖落粉尘。他的额头长得像楔子,头发又粗又厚。"为什么傻瓜的头发都那么密,额头凹下去,脸像倒过来的鸡蛋,眼是暴出来的金鱼眼,白睫毛上的眼皮子像牛犊:一张嘴就合眼,一合眼就张嘴,好像脸上少了块皮肤似的。"迪洪·伊里奇气冲冲地骂道:

"蠢货,冲着我抖口袋干吗?"

厨娘搬着个小橱柜或是其他什么东西,把它打开,扣在地上,用拳头捶着底部。迪洪·伊里奇好像突然意识到发生了什么事,慢慢地摇着脑袋:

"你个疯婆子!要把蟑螂都敲出来,啊?"

而厨娘却调侃地说:"这里面蟑螂可真不少哩,不信你来看看!"

迪洪·伊里奇愤愤地咬着牙出去了,走上公路,久久望着杜尔诺夫卡村起伏的麦田。

他的正屋、厨房、杂货铺和曾经卖过便宜酒的谷仓都在一个铁皮房顶下,其他的草顶雨棚从三面围住这间房,因此形成了一个方方正正、舒舒服服的生活空间。屋对面,沿路的是排谷仓,谷仓右边通往车站,左边通向公路。公路后面有一小片白桦林,迪洪·伊里奇心里一烦得慌,就上公路溜达。公路像条白色的丝带,经过一道道山口,向南边低处的田野绵延开来,直到远方的小木屋又上坡,与一条来自南方的铁轨交会。如果碰上杜尔诺夫卡村来的人——当然是指那些精明能干的,像是雅科夫,大伙都称他雅科夫·米奇季奇,因为他"富",也很小气——迪洪·伊里奇就会叫住他。

"你怎么着也得给自己买顶红色小帽吧!"他讽刺道。

雅科夫戴顶檐帽,上穿件麻质衬衣,下穿条又短又重的裤子,光着脚,坐在货车的车把上。他提了提缰绳,勒住了那匹膘肥体壮的牝马。

"你好,迪洪·伊里奇!"他矜持地答道。

"你好,我说呀,你这顶檐帽早该拿去当乌鸦窝了!"

雅科夫狡黠地笑着,点点头。

"呃,叫我咋说呢,买新的好是好,可是手头有点紧嘛。"

"瞧你说的,谁不知道你交了好运,女儿嫁了人,儿子娶了媳,口袋鼓鼓的都是钱……你还不知足啊?"

这俏话说得雅科夫心里美呀,不过他更加矜持了。

"啊,上帝啊!"他叹口气,颤抖着说,"钱啊,我就没有开店铺的钱……还有我那小子,可别提他了,他可是气死我了,气死我了!"

雅科夫和其他农民一样爱动气,特别是谈到他的家务事和生意的时候。他平时几乎不露声色,但眼下急脾气却占了上风,虽然说话气得断断续续,声音颤抖。迪洪·伊里奇存心想煽风点火,便故作关心地问:

"生气啦,谁惹你生气啦?全是因为儿媳妇?"

环顾四周,雅科夫用手指甲抓着胸脯说:

"就是因为儿媳妇,真希望这死娘们得风瘫死掉……"

"儿子吃醋了?"

"是啊……他说我跟她有一腿……"

雅科夫转了转眼睛又说:

"她成天跟她男人告状不算——还想毒死我哩。有一次,我感了冒……想抽根烟解解闷……她呢,卷了根纸烟放我枕头下……要不是我发现得早,我就上当了!"

"哪种纸烟啊?"

"把死人的骨头捣碎,充作烟丝……"

"你儿子也真够傻的!应该照俄罗斯的规矩给那死娘们点儿颜色看看!"

"哪能呢,他倒扑到我胸上,像蛇一样扭动……揪他头发吧,他头发还是剪短了的……揪他的衬衣扣子吧,揪坏了还可惜。"

迪洪·伊里奇摇摇头,沉默了一小会儿,然后打定主意说:

"你们那怎么样?还等着造反?"

雅科夫又马上变得谨慎起来,笑着挥挥手:

"造什么反啊!"他赶快嘟囔道,"咱老百姓都是老实巴交的,老实得很……"

他又勒了勒缰绳,好像马没有站稳一样。

"那干吗星期天开大会?"迪洪·伊里奇突然间生气地问。

"开大会?鬼知道!胡诌一通,比如说……"

"知道!我知道他们胡诌了啥!"

"既然知道,我也就不隐瞒了……他们议论才出的告示,好像真有那么个告示——不能按原来的价给老爷干活儿……"

因为几个小小的杜尔诺夫卡,就坏了做生意的心思,想起来就难受。杜尔诺夫卡总共不过三十多家农户,坐落在一块荒凉的山沟沟里。另一边则是地主的小庄园,这么点儿的小庄园也和对面的农户天天盼着什么"告示"……要是能盼来一队哥萨克兵,带上他们的马鞭子就好了!

但农户们盼望的"告示"果然下来了。一个星期天，有谣传说杜尔诺夫卡在开会制订攻陷庄园计划。迪洪·伊里奇听了，气愤地瞪着眼睛，带着一种不同寻常的愤恨劲儿，准备好去"把他们打得一败涂地"，他大喊："把马套上车!"十分钟以后，他已经乘着套上小公马的双轮轻便马车飞奔在去往杜尔诺夫卡的路上了。雨后，太阳躲在灰蒙蒙的云朵里，云被染成了大红色，白桦林树干也被染成了猩红，在一片雨水洗涤过的油绿田野中，货车道和那黑色的泥土特别显眼。小公马的屁股和尻带已磨出粉红色的沫子了，但迪洪·伊里奇还是紧紧地拽动缰绳，快马加鞭，到了铁道处，他掉头向右，返回田间小路。突然间，他看到了杜尔诺夫卡，便开始怀疑造反的传闻是否属实。四周一片祥和宁静，夜晚的云雀悠然啁啾。空气中弥漫着清新、湿润的泥土味和野花的香气……然而突然间，他的目光落到了开满黄香草木樨的庄园上：农民的畜群在那儿放牧，造反真的开始了！迪洪·伊里奇抖动缰绳，飞驰过畜群和牛蒡、荨麻间的谷仓，穿过满园麻雀的樱桃果园、马厩、下房，然后冲进了院子。

然而后来发生了一些丑陋的事情：在暮光中的田野里，迪洪·伊里奇满怀愤恨，伤痛和恐惧独坐在他停在田野的轻便马车上，他的心怦怦直跳，双手颤颤发抖，脸红得发烫，听觉像野兽一样灵敏，听着从杜尔诺夫卡村传来的叫喊声，回想起刚才那一幕，一大群人蜂拥而至，一看到他立刻越过山沟冲向庄园，骂骂咧咧地涌进院子，在门边把他团团围住。他手中只有一条鞭子，挥舞着，忽进忽退，绝望地跟人群拼杀。但是步步逼近的马具匠更勇猛地挥舞着棍子——他凶神恶煞，身强力壮，挺胸收腹，鼻子尖尖的，脚踩皮靴，身穿紫色棉布衬衫，代表众人大吼一声，说是出了告示，"要把此事了结"，全省同一天同一时间了结，把外地雇工从地主的庄园赶走，换上当地的——一天一个卢布。迪洪·伊里奇喊得更声嘶力竭，企图压过他的声音：

"哈，原来是你这流氓，跟着闹事儿的学样，也学会了一手?"

马具匠接过他的话立即还嘴：

"你才流氓！"他号叫着气得满脸通红，"你，你这个老浑蛋，难道我不清楚你有多少地？二百俄亩？可我所有的地只抵得上你门廊那么大。为什么？你是什么人啊？我问你，你是什么人啊？从哪个娘胎里生的？"

"你给我等着，米奇卡！"最后迪洪·伊里奇无奈地说，晕晕乎乎地冲出人墙，向轻便马车奔去，"你等着瞧吧！"

可谁也没有被他的威胁吓住，冲他背后发出了震耳欲聋的骂声、吼声、口哨声……然后他围着庄园打转，害怕地停下来，听着里面的动静，后来赶车上路，到与铁路的交叉口方停下来，面朝车站那边的晚霞歇了口气。四周静悄悄，空气暖和而潮湿，天色已然昏暗——天边虽还留有残霞，但平展展的田野已经黑得像深渊了。

"该死的畜生，站住！"迪洪·伊里奇向刚想抬腿起步的小公马喊道，"给我站住！"

从远处传来说话和叫喊的声音，其中两次去顿巴斯煤矿干活儿的万卡·克拉斯内的嗓门尤其大。而后，庄园上空突然腾起暗红色烟柱。庄稼汉纵火焚烧了果园里的窝棚，承租果园的城里人逃跑时把手枪忘在庄园里了，现在叫火烧得子弹噼噼啪啪开了花。

事后得知，真发生了这样的奇迹：在同一天里，几乎全县农民都参加了造反作乱。城里的旅馆好长一段时间家家客满，都被来城寻求当局保护的地主占了。事后，迪洪·伊里奇每想起来不由又恼又羞，因为他也上城求助过。他恼是因为县里的农民嚷嚷了一阵子，纵火焚烧和破坏了几个庄园后，也就平静了下来，不久马具匠像没事人似的又到福尔格尔的杂货铺，一进门槛，便彬彬有礼地脱下帽子，似乎没有发现迪洪·伊里奇见到他时脸为之一沉。但仍有传闻说杜尔诺夫卡的农民想要打死迪洪·伊里奇，因此他每次从杜尔诺夫卡回来总怕路上天黑，不得不在马裤袋里藏支沉甸甸的手枪，他还发誓要找一个夜晚把杜尔诺夫卡烧成灰烬，在水塘投毒……传闻后来不了了之。但迪洪·伊里奇已经决定摆脱杜尔诺夫卡:"奶奶的钱不算数,自己口袋里的钱才保险!"

这一年,迪洪·伊里奇已经五十岁了,但是当父亲的念想并没有因此而磨灭,因为他跟罗德卡发生了冲突。

两年前,罗德卡是个身材消瘦、闷闷不乐的青年,两年前从尤利亚诺夫卡投奔雅科夫的鳏夫哥哥费多特。后来结了婚,埋了在婚礼上酗酒身亡的哥哥,便参军去了。新媳妇自此来庄园给人家当女佣。她皮肤白皙嫩滑,面颊红润,睫毛低垂。这睫毛把迪洪·伊里奇迷得神魂颠倒。杜尔诺夫卡的农妇一出嫁,就把辫子盘上头顶,用头巾包住,像是一对奇怪的犄角。她们穿着破旧深紫色带流苏的裙子,戴着类似无袖衬衫的围裙,脚穿树皮鞋。而这样打扮的新媳妇——人们习惯这么叫她——依然显得特别好看。一天傍晚,新媳妇独自一人在黑漆漆的谷仓里打扫麦穗,迪洪·伊里奇瞥了一眼,见四周无人,迅速上前对她说:

"我给你买踝靴和丝绸披肩……白送你!"

而新媳妇死一样沉寂。

"你听见了吗?"迪洪·伊里奇低声问。

新媳妇一动不动,低着头,挥着草耙。

于是他落了空。而罗德卡因为瞎了一只眼,提前从军队回来了。那是在杜尔诺夫卡人造反过后,迪洪·伊里奇立即雇了罗德卡和他媳妇到杜尔诺沃庄园干活,借口"现在不靠当兵的,啥事儿也办不了"。圣伊利亚节前,罗德卡进城买新扫把和铲子,新媳妇在家擦地板。迪洪·伊里奇跨过水洼进屋,望着趴在地板上的新媳妇,望着她那溅上脏水却白白嫩嫩的小腿和婚后变得丰满的身子……他猛地转动锁上的钥匙,一股强大力量和欲望促使他向新媳妇奔去。新媳妇迅速站起身,抬起愤怒的、通红的脸蛋,手里拿着湿抹布,大声嚷道:

"老东西,小心我泼你一身脏水!"

热乎乎的脏水,火辣辣的身体,还有汗水的味儿……迪洪·伊里奇一把钳住新媳妇的手,扔掉她手中的抹布,抱住她的腰,搂得紧紧的,以至于骨头都吱吱作响——然后抱她到另一个房间,里面有床。新媳妇转过头,瞪大眼,已经不再挣扎了。

从那以后,罗德卡一见到自己的老婆,就想起她和迪洪·伊里奇睡觉的事,常常痛苦万分,无论白天黑夜都往死里打她。事情开始变得越来越可怕。不清楚这个被戴了绿帽子的庄稼汉怎么知道的真相,但罗德卡终究还是知道了。他长得精瘦,瞎了只眼,手臂像猿猴一样长而有力,小脑袋上留一头黑色短发,他常常低着头,皱着眉,用他凹陷下去的、亮闪闪的独眼看人,样子可怕得不得了。当兵的时候学了几句乌克兰语,倘若新媳妇胆敢反对他简短、粗俗的话,他便慢悠悠地拿起皮鞭,带着邪恶的笑走上前,慢悠悠地问:

"你说什么?"

接着他扬着鞭子,把她揍得眼前昏暗。

有一次,迪洪·伊里奇恰好撞到这一暴行,忍不住大喝一声:

"你这个浑蛋在干什么?"

罗德卡不紧不慢地坐到凳子上,瞥了他一眼:

"你说什么?"

迪洪·伊里奇立马带上门溜走了。

他头脑里浮现出一个狂野的想法:运作运作,让罗德卡在什么地方被房屋或土坯砸死……但是好几个月过去了,那些让他沉醉不已的莫大希望,最终还是泡了汤:新媳妇没有怀孕!事已至此,何必继续玩火?应该赶紧摆脱罗德卡,把他撵走,越快越好。

不过,谁来代替他呢?

机会来了,迪洪·伊里奇与他的兄弟重归于好,并说服他接手杜尔诺沃庄园。

他从城里一个熟人那儿得知，库兹玛有好长一段时间在地主卡萨特金家当主管，最令人吃惊的是，他还成了"作家"。没错，他出版了一整部诗集，书脊上还印有"作家文库"的字样。

"好——啊！"迪洪·伊里奇听到慢吞吞地说，"库兹玛还挺有能耐！我想问问，书上真的这么写：库兹玛·克拉索夫诗集？"

"一点儿不错。"熟人毫不犹豫地回答道，虽然他和城里的许多人一样，认为库兹玛的诗是从别人的书和杂志上"抄"的。

于是迪洪·伊里奇在达耶夫酒馆的桌子上给弟弟写了张语气坚决而简短的便条，说是两人年事已高，应该重归于好。第二天就在酒馆里和好如初并进行了一次事务会谈。

一大早，酒馆还没来客人。阳光透过布满灰尘的窗户，照耀着潮湿的红桌布，刚用麸皮擦过的黑地板有股马厩味，跑堂的穿着白上衣和白裤子。笼中的金丝雀（不像是真的，而像是上了发条的玩具）正在啁啾。迪洪·伊里奇坐在桌旁，神色紧张严肃，他要了两杯茶，耳边响起了早就熟悉的声音：

"你好，又见面了。"

库兹玛比他矮一点，也更瘦一点。长一张消瘦的脸，颧骨微微凸出，皱着灰色的眉毛，小眼睛绿油油的。他开门见山，直奔主题：

"我得先告诉你，迪洪·伊里奇，"他在迪洪·伊里奇沏茶的时候说，"我得让你知道我是什么人……"他狡黠地笑笑，"让你知道自己在跟谁打交道……"

他说起话来一板一眼，挑着眉毛，一会儿解开，一会儿又系上衣服最上面的扣子。系上扣子，他又继续说：

"你知道，我是个无政府主义者……"

迪洪·伊里奇抬起眉毛。

"别怕，我不参与政治。但是你可禁止不了所有人的思想。我不会给你添麻烦,我会好好经营的。不过,话说清楚了,我不会骗别人的钱。"

迪洪·伊里奇叹着气:"唉,现在已经不是过去的年头了。"

"年头没变,要骗钱也行,但是,这么做不合适。我可以去经营,闲着的时候读读书,自我提升。"

"啊,你可得注意,书读得太多,钱袋子会变瘪的!"迪洪·伊里奇摇了摇头,撇了撇嘴说,"再说,读书也不是咱这种人能干的事。"

"我可不这么想,"库兹玛还嘴道,"我呀,哥,我怎么跟你说呀?我是那种奇怪的俄罗斯人。"

"要知道,我也是俄罗斯人。"迪洪·伊里奇插了一句。

"咱俩不一样,我不想说我比你能耐,但我就是不一样。比如,你以自己是俄罗斯人为豪,可我,哥哥,远不是个斯拉夫主义者!我不多说了,再说一句:看在上帝的面儿上,别再说自己是俄罗斯人了,我们是野蛮的民族!"

迪洪·伊里奇皱着眉头,用手指弹着桌子。

"你说得对,"他说,"我们是野蛮的民族,没有理性。"

"正是如此。我也算周游过世界,见过世面了,然后呢,哪儿也没有比我们更可怜、更懒散的人了。即使他不懒,"库兹玛撇了他哥哥一眼,"也是个不成器的,花尽力气撑起个家,又有什么好结果?"

"什么叫'没什么好结果'?"迪洪·伊里奇问。

"我是说,搭窝成家也得先想想为了啥。我要成家,就得过像样人的生活。"

库兹玛用手戳戳胸口和额头。

"咱们想不了这么远,弟弟,"迪洪·伊里奇说,"你去乡下住一阵子,喝喝烂菜汤,穿穿粗糙的树皮鞋就知道啦!"

"树皮鞋!"库兹玛讽刺地说,"这该死的树皮鞋咱们穿了两千年了。怨谁啊?是鞑靼人害了咱!我们那时还年轻。不过,那边的欧洲人也受过害,受过蒙古人的害。日耳曼民族的历史也不比咱们长多少……不过,这已经是另一个话题!"

"没错!"迪洪·伊里奇说,"最好还是谈咱的事。"

但库兹玛自顾自地说:

"我不去教堂……"

"难不成你是分裂派的?"迪洪·伊里奇问,他又想了想,"这下可完了,我非得丢下杜尔诺沃不可!"

"嗯,差不多,"库兹玛狡黠一笑,"你上教堂,是吧?要不是又穷又怕,你早就把这事忘得一干二净了吧。"

"我不是第一个,也不是最后一个,"迪洪·伊里奇皱着眉反驳道,"人人都有罪,但《圣经》上说:只要呼口气,一切罪过便得赦免。"

库兹玛摇摇头。

"老生常谈!"他厉声说,"你停下来好好想想,怎么可能呢?一辈子猪狗不如的生活,叹口气就勾销了,有没有这样的道理?"

谈话变得难以进行。"他说得也对。"迪洪·伊里奇想,两只亮闪闪的眼睛盯着桌子看。但是他总想回避关于上帝,关于生命的探讨,然后说:

"我也想进天国,可是有罪进不去。"

"好了,好了!"库兹玛用手指敲着桌子,打断了他的话,"这是咱们最喜欢干的,也是咱们糟透了的弱点:说一套,做一套!哥哥,俄罗斯人就这副德行:现在过着猪狗不如的生活,将来也照样过下去。好吧,接着说正事吧……"

金丝雀不唱了,人们都聚到了酒馆里来。从市场的铺子里却传来鹌鹑悠扬洪亮的鸣叫。库兹玛一边谈论事务,一边细细聆听,有时还低声称赞:"太妙了!"待到谈妥,他用手掌一拍桌子,慷慨激昂地说:"好,一言为定!"接着,他把手插到上衣口袋里,掏出一厚沓纸,抽出一小本灰皮儿书,放到他哥哥面前说:

"喏，给你！我向你的请求和我的懦弱让步了。书写得不好，句子没有深思熟虑，而且是很早以前写的了……但是没办法，拿去留着吧。"

迪洪·伊里奇又感到很激动：书的作者是他的弟弟，灰皮封面上赫然写着"库·伊·克拉索夫诗集"！他翻了翻手里的书，胆怯地说：

"能不能念几首给我听听啊？请念上三四首吧！"

库兹玛低头戴上夹鼻镜，把书举得远远的，透过镜片，神情严肃地读了起来。像其他自学成才的诗人一样，诗句大都是模仿科特索夫和尼基金的：倾诉贫困和厄运，挑战那即将消散的乌云。但是他的脸颊上泛起了红晕，声音也开始颤抖，迪洪·伊里奇的眼睛也闪闪发亮。诗写得好坏并不重要，重要的是写诗的是他的亲弟弟，一个身上散发着廉价烟和旧皮靴气味的普通老百姓……

库兹玛摘下眼镜，低头沉默的时候说道："库兹玛·伊里奇，我们只唱一首歌……"

接着，他痛苦地撇撇嘴：

"我们只唱一首歌：什么物件，卖了什么价？"

不过，他把弟弟派到杜尔诺沃庄园后，这歌便唱得比以前更带劲儿了。在把杜尔诺沃交到弟弟手里之前，他故意找罗德卡的碴儿，说新缰绳被狗咬坏了，要辞了他。罗德卡傲慢地一笑，蛮不在乎地回小木屋取他的东西。新媳妇听到丈夫被辞退的消息，表现得也很平静——她和迪洪·伊里奇分手后又变得默不做声，不敢看他的眼睛。过了半个钟头，罗德卡马上要离开了，却又和新媳妇一起过来求情。新媳妇站在门槛上，脸色惨白，垂着婆娑的泪眼，默不做声；罗德卡低着头，揉揉手中的帽子，扭着令人厌恶的脸，差点也哭了起来。坐在那里正打着算盘的迪洪·伊里奇挑了挑眉毛。只通融了一件事——没为新缰绳扣他的工钱。

现在迪洪办起事来坚定许多。自己赶走了罗德卡，又把生意交给了弟弟库兹玛，他觉得满心欢喜："我弟弟靠不住，又肤浅，不过先凑合着用吧!"他回到福尔格尔,十月份拼死拼活整整忙了一个月。十月份的天气像是为了营造和谐的氛围,一直晴空万里。然而突然间,天色骤变,狂风暴雨接踵而至,杜尔诺夫卡出了意想不到的事。

十月份,罗德卡在铁路上干活,新媳妇赋闲在家,偶尔到庄园的花园里打打零工,赚个十五二十戈比。她的举止古怪:在家沉默不语,哭哭啼啼,在果园却欢欣鼓舞,高声谈笑,和多扎·南妮一起唱歌。多扎长相俊俏,可有点傻里傻气的,像个埃及女人,跟租下果园的一个城里人同居。不知道为什么,新媳妇偏偏跟多扎要好,给那城里人的弟弟,放肆无礼的小伙子暗送秋波,并在歌声中暗示她正思春。他们之间有没有奸情,人们不得而知,但结局却特别悲惨:喀山圣母节前夜,哥俩回城,在他们的小屋里"举办晚会"——他们邀请了多扎·南妮和新媳妇,玩了一整晚。他俩拉着手风琴,请两个姑娘吃薄荷饼,喝茶,喝伏尔加酒。到了黎明,哥俩套好马车准备上路,突然间大笑着把喝醉的新媳妇按倒在地,捆上她的双手,把她的裙子统统撩到头顶上,团成一团,用绳子捆起来。多扎吓得逃跑了,躲进高高湿湿的草丛,她看见迪洪哥俩驾着货车,飞快地驶离了果园——她看见新媳妇挂在树上,裸着下身。那是个凄惨、阴霾的清晨,果园里小雨淅淅沥沥,多扎泪流成河,抱着新媳妇抖得牙齿打战,她发下毒誓,要是把这事传出去,她多扎·南妮定被天打五雷轰……可是没到一个星期,新媳妇的丑闻便在杜尔诺夫卡传开了。

流言当然无法查实:"毕竟谁也没有亲眼看到,可能是多扎瞎说。"但流言引发的议论却远没有停息,大家都迫不及待地等着罗德卡回来收拾他老婆。迪洪·伊里奇从工人嘴里得知果园里发生的事,变得激动不已——要知道这会闹出人命的呀!但结果实在出人意料:米哈伊尔节前一晚,罗德卡回家"换了件衬衣",然后"闹肚子死了"!这是谋杀,还是真的闹肚子,谁也不知道。消息传到福尔格尔的时候天色已晚,但迪洪·伊里奇当即命人将马套上车,夜里冒着雨去见他的弟弟。兄弟见面后,喝了点茶,又喝了点果酒，迪洪·伊里奇情绪激动地望着弟弟忏悔道：

"都赖我啊，弟弟，都赖我！"

听完哥哥的话，库兹玛沉默了好久，在房间里走来走去，掰着手指头，把关节掰得咯咯作响，最后冷不丁地说：

"现在想想，还有比我们的民族更残酷的吗？城里的小偷从摊上偷了块不值钱的薄饼，结果摊主们都去追，追上了就让他吃肥皂块。要是发生了火灾或是斗殴，全城人一窝蜂跑去看热闹，若火很快扑灭，斗殴制止，他们就摇头惋惜：怎么这么快就完了，真可惜！看到有谁死命打自己的老婆或狠狠揍一个孩子，取笑一个孩子，他们甭提多开心，多带劲儿！"

"可是你也应该明白，"迪洪·伊里奇情绪激动地打断他，"哪儿的无赖都不少。"

"是啊，你自己不也雇了个……那个傻瓜名字叫啥来着？"

"你是说鸭子脑袋莫特亚？"迪洪·伊里奇问。

"对，就是他，你不是把他搞来逗乐的吗？"

迪洪·伊里奇狡黠一笑：没错。有次把莫特亚放糖箱子里装火车托运。站长是他老相识，也就许了。箱上还贴有"小心白痴"的标签。

"他们竟然教这些白痴手淫而取乐！"库兹玛接着厉声说道，"他们往老姑娘的门上涂焦油，让狗去咬乞丐，用石子扔房顶上的鸽子！要知道，吃鸽子可是大大的罪过，圣灵就附在鸽子身上呀！"

茶饮早就凉了，蜡烛也熄了，屋里青烟弥漫。洗手池里浸满了发臭的烟头。窗角上铁管子的通风口敞开着，里面的气流时不时得打旋，发出尖厉的响声和沉寂的哀号。"和教区议会的一个样。"迪洪·伊里奇想，可是这里烟味那么重，十个通风口可能都不管用。雨水在屋檐上滴答作响，库兹玛像钟摆一样从一个墙角挪到另一个墙角说：

"是啊，我们可是'优等民族'，'优等'得不得了呢！你读一读历史，绝对毛骨悚然：兄弟亲家自相残杀，父子反目成仇，到处是杀害和欺诈……

俄国的古老史诗也是轻松欢快：'撕开他白白的胸膛'，'把他的肠子倒在地上'……伊利亚怎么对待自己女儿的？'踩住她的左脚，拽住她的右脚'……那歌谣呢？总是千篇一律：后妈'恶毒贪婪'，公公'凶狠爱找碴儿'，坐在炉旁像只套着绳子的老公狗，婆婆'凶神恶煞'，坐在炉旁像只拴着绳子的老母狗，小姑子们则'汪汪乱叫，到处告密'，小叔们'恶毒地嘲讽人'，丈夫'不是蠢货就是酒鬼'，公公吩咐'打老婆要狠狠地打'，而媳妇得拖地板擦门槛，炖菜汤烙烙饼，对亲爱的丈夫说：'给你盆脏水洗洗脚，给你块裹脚布擦干了，拿着条绳子去上吊'……迪洪·伊里奇，还有比咱们这俏皮话更粗野的吗？谚语又咋说？'一个死的换俩活的'……愚蠢比盗窃更可恶……"

"那照你所说，当个要饭的岂不是更好？"迪洪·伊里奇嘲讽地问。

没想到库兹玛接过话：

"没错，没错！全世界数咱最穷，可是没有像咱一样看不起穷人的。用什么话伤人最狠？骂他穷！'你这穷小子，没饭吃了……'给你举个例子，就说丹尼斯卡……就是那个谢雷的儿子……那个靴匠……前两天对我说——"

"等等，"迪洪·伊里奇打断他的话说，"谢雷他现在怎么样了？"

"丹尼斯卡说：'快饿死啦'。"

"他这个坏蛋！"迪洪·伊里奇斩钉截铁地说，"你可别在我面前说他好话啊。"

"我才不会呢，"库兹玛生气地回答，"还是听听丹尼斯卡的事儿吧！他告诉我：'闹饥荒那几年，我们这些学徒常常到考尔拉亚·斯洛博达溜达。那儿的妓女多得很呀，可一个个饿得皮包骨！给她半磅面包，她就趴在你身子底下把它吃个精光……多么可笑！'……请注意那句'多么可笑！'"库兹玛严肃地说道。

"看在耶稣的面上，别再说了，"迪洪·伊里奇再一次打断他的话，"还是让我谈谈正经事吧。"

库兹玛接话：

"好，你说吧，有啥可说的？还能咋办？啥也不用操心！给她点钱得了——就这么着吧。你想想，柴火生不起来，吃的吃的没有，埋死人也埋不了！以后把她再雇过来，给我当厨娘……"

迪洪·伊里奇在一个寒冷阴霾的清早回到家中，湿润的打谷场上还留有烟味，村里的公鸡在懒洋洋地打鸣，雾霭中，几只狗还在门廊睡觉，一只老火鸡蹲在屋旁边黄叶凋零的苹果树枝上打盹，田野里，两步以外什么也看不见，风在吹散灰黑的浓雾。迪洪·伊里奇没有睡意，但又觉得极其疲惫，所以像往常一样快马加鞭——这是一大匹枣红马，尾巴给扎住了，身上湿乎乎的，因此显得更瘦、更黑、更英俊。迪洪转过脸，避开风，竖起右边冰冷潮湿的衣领，从湿漉漉的眼睫毛底下看着衣领上一颗颗银色的露珠，看着飞快转动的车轮裹上一层厚厚的黑泥，泥水像喷泉一样飞溅而来，沾满了他的靴子，看着奔跑的马腿和马湿乎乎耷拉着的耳朵……当他带着满脸泥点子飞奔到家门口时，首先映入眼帘的是雅科夫拴在柱子上的马。他急忙把缰绳缠在马车杆子上，跳下车，直冲进铺子大门——惊呆在那里。

"烦死人了！"柜台后面的纳斯塔斯雅·彼得洛瓦娜模仿着迪洪·伊里奇的腔调说道，不过是恹恹、腻乎乎的语气。她在低头翻着装钱的抽屉，哗哗啦啦折腾了好久，昏暗中就是找不出需要的零钱。"烦死了，现在哪儿的便宜些？"

没找到钱，她便直起身，看一眼站在他面前头戴檐帽，身穿粗布上衣，却打着赤脚的雅科夫，看一眼他那不知道什么颜色的歪胡子，又问：

"是不是她毒死他的？"

雅科夫连忙回答：

"这可不关咱的事，彼得洛瓦娜……鬼知道……咱可管不着……管不着，比方说……"

迪洪·伊里奇一想到他们的窃窃私语，手就成天到晚一直打战。大家都认为是她下的毒。

幸好这件事也就稀里糊涂地不了了之了：罗德卡下了葬。送殡时新媳妇哭得声嘶力竭，哭得情深意切，甚至哭得有失体统——本来送殡哭丧也就是按俗套办事，不用动情——迪洪·伊里奇一颗忐忑的心渐渐平静下来。

再说平时铺子忙得直掉脑袋，却没有个帮手。纳斯塔斯雅·彼得洛瓦娜也帮不上什么大忙。迪洪·伊里奇只在秋收斋戒前雇了几个短工，现在一个个都回去了。只剩下雇了一年的厨娘，绰号"油饼"的打更老头和傻瓜小奥斯卡。光照看牲口就得费不少力气。过冬的绵羊有二十只。坐在猪圈里的六只黑毛大公猪总是郁郁寡欢，打不起精神。三头母牛，一头阉牛和一头红毛小牛犊站在牛栏里反刍。后院里拴着十一匹马，而在马栏里还有一匹灰色种马——性子刚烈，体形庞大，毛发密长，胸围宽阔——别看它块头大，却值四百卢布。它的上一代是纯种种马，身价高达一千五百卢布。所有这一切都得有人照料。

纳斯塔斯雅·彼得洛瓦娜老早就打算进城去熟人家串串门，这次终于下了决心。送走她后，迪洪·伊里奇漫无目的地在田野里转悠，这时，尤利亚诺夫卡邮政所所长萨哈洛夫背着猎枪恰巧经过公路，这人对农民穷凶极恶的态度是出了名的，农民们说："邮信的时候吓得手脚都打战！"迪洪·伊里奇走到路边，抬起眉毛瞅了他一眼，心想：

"这老家伙，你看他，干吗蹚着泥水闲逛。"

不过他友善地打招呼：

"打猎来啦，安东·马尔凯奇？"

邮政所所长停了下来。迪洪·伊里奇走上前问好。

"少来了，打什么猎呀！"邮政所所长闷闷不乐地答道。这人块头大，驼着背，头发灰黑浓密，甚至从耳管和鼻孔里都钻了出来，长着两道弯弯的浓眉、一双深陷的眼睛。

"只不过为了我的痔疮,出来遛个弯罢了。"他特别强调"痔疮"两字。

"您看,"迪洪·伊里奇伸出手掌和五根粗粗的手指,激动地说,"您看:咱们家乡现在荒成这样了!啥也没有,连个鸟兽的影子都没有!"

"林子砍光了。"邮政所所长说。

"砍得精光,连根拔起!"迪洪·伊里奇应和道。

突然又加了句:

"脱毛,全都在脱毛!"

为什么从嘴里冒出这么一句话,迪洪·伊里奇自己也不清楚,但他觉得言之有理。"全都在脱毛,"他想,"如同牲口度过漫长的寒冬一样……"与邮政所所长告别后,他仍久久地站在公路上,不满地四处张望。天上又下起了淅淅沥沥的小雨,刮起了讨厌、潮湿的风。在起伏不平的田野——冬小麦田、耕地、麦茬地和棕色的灌木丛上空,天色渐渐暗了下来。阴沉的天空仿佛就要压到地面。积满雨水的道路像一条条闪闪发光的锡带。人们在车站等着开往莫斯科的邮车,那里飘来茶饮的香味,不由得让人向往起舒适、温暖、洁净的房间,家庭或外出远行……

晚上又下起了瓢泼大雨,一片漆黑,伸手不见五指。迪洪·伊里奇睡得不安生,牙齿痛苦地打战,身上发冷——想必是晚上站在公路招了风寒——搭在身上的厚呢子大衣还滑落到了地板上。从小时候起,后背一受凉迪洪就会做梦:暮光、狭窄的小道、奔跑的人群、性子烈的黑马拉着的笨重消防车……他醒来划了根火柴看了眼闹表——才三点——于是捡起呢子大衣正要睡过去,却又感到有些不安:有人要偷铺子、盗马。

有时他觉得自己是在丹科夫的铺子里,门外,夜雨滴滴答答敲打着屋檐,门铃不时叮当作响——贼来啦,牵走了他的种马,要是发现,准把他给宰了……有时意识又返回到现实中来。现实也让他放心不下。窗外老头在打更,但一时间,那声音仿佛又离得他很远很远,看门狗班扬准是凶狠狠地一直追到野地里,疯狂地撕咬着什么人,后又突然出现在窗户下汪汪直叫。于是迪洪·伊里奇打算起床看看到底出了什么事,是不是一切都好好的。可刚决定起床,大大的倾斜的雨点借着风势又重又密地敲打着黑暗中的窗户。不,睡觉比什么都来得好……

门砰地一响,湿湿的寒气吹了进来——打更老头"油饼"抱着一捆麦柴簌簌地进了屋。迪洪·伊里奇睁眼一看,外面是个雾蒙蒙湿漉漉的黎明,窗户被雾气笼罩。

"生火吧,老伙计,赶紧生火吧,"迪洪·伊里奇用刚睡醒的沙哑声音说,"咱还得去喂牲口,喂完后你再睡。"

老头一夜之间仿佛瘦了许多,由于寒冷、潮湿、劳累,脸色铁青。他用凹陷无神的眼睛看了迪洪·伊里奇一眼。他依旧戴着顶湿湿的帽子,穿着湿湿的短上衣和被雨水泥水浸透的树皮鞋,嘴中嘟囔着,困难地跪倒在炉旁,把气味浓烈的冷麦秆塞进炉子,然后对着炉口吹火。

"舌头是不是让牛嚼了?"迪洪·伊里奇一边下床,一边哑着嗓子喊,"嘟嘟囔囔什么东西?"

"巡了一整夜,还叫去喂牲口。"老头耷拉着脑袋,好像说给自己听。

迪洪·伊里奇瞥了他一眼:

"我看见你是怎么巡夜的!"

说完,他穿上上衣,忍着胃部的痉挛,走上踩得全是泥水的门廊,迎来灰暗清冷的早晨。到处都是铅色的水坑,墙壁也被雨水淋黑了……

"没用的下人!"他没好气地想。

小雨几乎不下了,"到晌午还得下大雨。"他想。看着从墙角毛茸茸的班扬向他扑来,满是吃惊:它的眼睛一闪一闪,吐着鲜红色的舌头,喘着热乎乎的粗气……它是跑了一夜,叫了一夜啊!

他抓着班扬的项圈,蹚过泥水检查所有的门锁。然后把它系在谷仓下,回到走廊,看了看厨房和屋子。屋里弥漫着热乎乎的臭气;厨娘睡在光溜溜的长凳上,用围裙盖着脸,撅着屁股,双腿收到腹部,脚上套着沾满灰尘的破旧大靴子；奥斯卡上穿长款羊皮袄，脚踩树皮鞋，躺在床板上，头埋进满是油渍的枕头里。

"这婆子定是鬼混了一夜！你看看她，放荡了一晚上，到了天亮才躺到长凳上！"迪洪·伊里奇心生厌恶地想。

他环顾一下漆黑的墙壁，不大点儿的窗户，盆里的泔水，宽大的炉灶，大声呵斥道：

"嘿！老爷们，该醒醒了！"

厨娘生起火，煮着喂猪的土豆，烧着茶饮。奥斯卡光着脑袋，困得直打跌，给牛马送谷壳去了。迪洪·伊里奇亲自打开吱吱呀呀的院门，第一次走进布帘子、松垮棚子和猪圈包围着的肮脏畜棚。尿、屎、雨混合成一团厚厚的褐色泥浆，没过脚踝。而换上厚绒毛的马匹就在这里来回走动。灰头土脸的绵羊在角落里挤成一团。那匹被阉割了的棕色老马独自在黏糊糊的空槽边打盹。方方的院子上空荒凉、阴沉。蒙蒙细雨淅淅沥沥地下着。圈里的公猪也一个劲儿病恹恹地哼哼唧唧。

"烦透了！"迪洪·伊里奇想，突然间向拖着麦秆的更夫厉声吼道：

"干吗在泥浆里拖，你这老蠢货？"

老头把麦秆放到地上，瞧了他一眼，心平气和地说：

"你才是老蠢货。"

迪洪·伊里奇迅速张望了一下，看奥斯卡是否已经出去，确定奥斯卡走了后，他很满意，快速走近老头，也装着心平气和的样子，给了老头一记耳光，扇得他脑袋直晃，又拽住他的领口，用尽浑身力气把他推出门外。

"滚！"他吼道，气得脸煞白，"别让我再看到你，你这废物！"

五分钟后，被轰出门的老更夫肩上背着个袋子，手里拄着根拐杖，已经沿着公路回家了。迪洪·伊里奇哆哆嗦嗦地给种马喂水，喂新鲜的燕麦——隔夜的它不吃，只是舔舔。喂完食，迪洪·伊里奇蹚着粪水大步走向厨房。

"准备好了没有？"他推开一条门缝问。

"着什么急啊！"厨娘没好气地答道。

厨房里飘着热腾腾的煮土豆的淡淡气味，土豆从铁锅里捞了出来。厨娘和奥斯卡两人正用杵子一边捣一边撒上面粉，这捣土豆声使迪洪·伊里奇没听见回答。他"砰"的一声关上门喝茶去了。

走进门厅，顺脚踢开门槛旁又脏又重的垫子，便去墙角里洗漱。墙角凳子上放了个锡面盆，面盆上方的墙头挂着盛洗手水的铜壶，小隔板上放有一块椰皂。他洗脸的时候弄得铜壶叮当响。一会儿斜眼竖眉，一会儿哼着鼻子气不过，自己一个字一个字地说：

"哼，这些该死的雇工，现在还撒手不干了！你说他一句，他还你十句，你说他十句，他还有一百句等着你。哼，你们这都是胡扯！现在不是夏天，你们这样的穷鬼一抓一大把。到了冬天缺吃的，你们这些狗娘养的就得滚回来求我。"

自从米哈伊尔节过后，手巾就一直挂在铜壶旁边，脏得够呛。迪洪·伊里奇瞥了眼手巾，咬着牙，闭着眼睛摇头说：

"唉，天上的圣母啊！"

大厅里面有两扇门。左门进去是个半明半暗的狭长房间，小窗户面向院子，用来接待客人。屋里有两张长沙发椅，硬得跟石头一样，坐垫上包着油布，上面爬满臭虫，有活的，有压死了的，也有干瘪的。窗户间挂了幅将军像，海狸毛色的短腮胡须，样子英俊威武。画像四周有很多小像，都是俄土战争中的英雄人物，下面附有题词："我们的子孙和斯拉维克兄弟们将铭记我们父亲的光辉事迹，铭记这位英勇的战士如何击溃苏里曼帕夏，战胜异教徒敌人，带领子孙登上了云雾缭绕、飞禽盘旋的崇山峻岭。"从另一扇门进去则是主人的卧室。在右边靠门处，放着一个亮闪闪的玻璃橱。左边是白色的炉子和炉台，炉子有一块裂开了，裂口用泥巴糊上，这样一来，它就像个被折磨的干瘦的人，迪洪·伊里奇看到它就心生厌恶。炉后是张双人床,床头挂着条红绿相间的羊毛毯,印着猫耳虎的图案。门对面墙下的橱柜上铺着针织台布,台布上摆着纳斯塔斯雅·彼得洛瓦娜结婚时的珠宝盒……

"铺子有人找你!"厨娘推开门缝喊道。

湿雾蒙蒙,天色又像黄昏一般,小雨淅淅沥沥,不过风向变成了北风——空气也因此清爽了许多。货车驶出站台的汽笛声也比从前欢快、响亮。

"你好,伊里奇。"门廊上一个兔唇农民朝他点头致意。那人头戴湿湿的满族皮帽,牵匹淋湿的花斑马。

"你好,"迪洪·伊里奇斜眼看着那人兔唇间一颗白晃晃的大牙,漫不经心地回答,"买什么呀?"

他给那人匆匆称了盐和煤油,匆匆回到了房里。

"连祷告的时间都不给我留,这帮狗杂种!"他边走边嘀咕。

靠墙桌子上的茶饮已经烧开,咕咕嘟嘟响着,悬在桌子上方的镜子挂上了一层白雾。窗子和钉在镜子下面的石版画也沾满水珠——石版画上是个魁梧的汉子,身穿土耳其黄袍,脚套摩洛哥红皮靴,双手举面俄国国旗,身后则是莫斯科克里姆林宫圆顶塔楼。画两旁是镶在龟壳画框里的照片。在最显眼的地方挂着幅著名牧师像,穿一身云纹绸教士服,胡子稀疏,腮帮稍肿,一双小眼眼神犀利。迪洪·伊里奇一见赶忙朝墙角里的圣像虔诚地画十字。随后他取下熏黑的茶壶,倒了杯茶。这茶有一股浓烈的白桦树枝味。

"连祷告都不让做,"他想,痛苦地皱着眉头,"这帮该死的,都怪他们!"

应该想想有什么事忘记了,做点什么事,或干脆躺下好好睡一觉。他希望有个温暖安静的环境,清晰坚定的思想。他站起来,打开绑着陶瓷铃铛的玻璃橱柜,拿出一瓶山梨伏尔加酒和一只矮胖的小酒杯,上面写着:

"修士也贪杯"……

"我还是算了吧?"他大声说。

可是他斟了一杯,干了,又斟了一杯,又干了。一边喝一边就着厚厚的椒盐卷饼,在桌旁坐下。

他狼吞虎咽地喝着杯里的热茶,把糖放在舌尖上吮吸。一边喝着茶,一边心不在焉又心生疑虑地斜眼瞅着墙上的黄袍大汉和龟壳画框里的照片,甚至还瞅了一眼身穿云纹绸教士服的著名牧师。

"我们这些过着猪一样生活的人没工夫信教!"他想,接着像是和什么人为自己辩解似的,粗鲁地补充道,"到乡下住一阵子,喝喝酸白菜汤就知道了!"

瞧了瞧牧师,他觉得一切都值得怀疑……连他平时对牧师的虔诚都值得怀疑。如果好好想想……不过他赶紧转眼盯着克里姆林宫。

"说来惭愧!"他嘟囔着,"我还从来没去过莫斯科!"

是啊,他没去过。为什么呢?是公猪不让他去!先是放心不下买卖,然后也放心不下酒馆和客栈。现在马和公猪也拖他的后腿。别说莫斯科了,连公路旁的那片白桦林,想了十年也没去成。他一直想逮个晚上,带上毯子、茶饮在树荫下、草地上坐会儿——但这想法却从没实现过……光阴似箭,不知不觉就五十岁了,一切都快走到了头,光着屁股玩闹的场景仿佛就在昨天。

龟壳镜框里面的一张张脸面无表情地看着他。躺在地上(其实是躺在黑麦田里的)两个人是他,迪洪·伊里奇和年轻商人洛夫托夫索夫——两人手里端着半杯黑啤酒……那时两人的交情好得很啊!他还记得两人在灰蒙蒙的谢肉节拍照的场景哩!但这都是哪会子的事儿了?洛夫托夫索夫又去了哪里?甚至生死未卜……另一张照片上,三个城里人像石头一样呆呆地站成一排,头发梳成平整的中分,穿件绣花衬衫,外套长礼服,脚踩铮亮皮靴——那三人是布奇涅夫、维斯塔夫金、博格莫洛夫。中间的维斯塔夫金手捧盛有面包和盐巴的木托盘，上面盖块公鸡绣花巾，布奇涅夫和博格莫洛夫各捧圣像分站两边。拍照那天刮风扬尘，人们都在等待主教及省长光临谷仓开仓仪式，迪洪·伊里奇还加入了欢迎省长的队伍，这使他无比骄傲。但是那天又留下什么印象呢？只记得在谷仓旁等了五个来小时，白茫茫的尘土在风中翻滚，省长身材修长，衣服整洁，穿镶金边的白裤、金色绣花外衣，戴顶鸡冠帽，慢悠悠地向列队走来……当他开始讲话，接受面包和盐巴的时候，众人都很害怕，他的手又白又瘦，超乎寻常，皮肤像蛇皮一样又薄又亮，干瘪瘦长的手指上留着透明的长指甲，戴着闪亮的宝石戒指……如今省长已经不在人世，维斯塔夫金也死了……再过五年十年，人们聊起迪洪·伊里奇也会说：

"已故的迪洪·伊里奇。"

炉子越烧越旺，屋里也更加暖和、舒适，镜面变得清晰起来，不过窗外什么也看不见，玻璃成了乳白色，说明天已经大亮。饿猪烦人的哼哼声越来越响，但哼哼声突然变成兴高采烈的吼叫：想必是听到了厨娘和奥斯卡端着盆猪食走向它们的声音。迪洪·伊里奇放下关于死的幻想，将烟头扔进洗手池，穿上他的外衣，匆忙地往院子里走。他迈着大步，扑哧扑哧蹚着粪水，亲自打开猪圈门，贪婪而忧愁的眼睛久久盯着奔向黏腻猪盆抢食吃的公猪。

另一个想法突然打断了他对死的想象：人固有一死，但人死后也可以树碑做榜样。他以前是个什么样的人？孤儿，要饭的，小时候两天吃不上一块面包……但现在呢？

"你的一生应该被人传诵。"库兹玛某天嘲笑他说。

但其实没有什么可嘲笑的。如果一个乞丐，从小不认几个字的小毛孩能成为现在的迪洪·伊里奇，说明他还挺机灵的。

厨娘目不转睛地盯着公猪相互挤蹭，把前蹄放到猪槽里。突然她打了个嗝，说道：

"哦，上帝啊，但愿今天没灾没祸！我昨晚做了一个梦——梦见自己好像在院子里放牲畜，羊啊，牛啊，猪啊……统统都是黑色的！"

迪洪·伊里奇心里又开始难受起来。就是这些该死的牲畜！光这些牲畜就能要了你的命：不到三个钟头，又得拿钥匙开门，往整个院子里送饲料。松垮棚子里有三头奶牛，单栏里关着红色小牛犊和公牛俾士麦；现在就得给它们喂干草。马和绵羊中午要吃麦麸，种马呢？鬼知道该喂它什么！他从门上面的栅栏缝里伸出脑袋，翻着上嘴唇，露出粉红的牙床和雪白的牙齿，皱起鼻子……迪洪·伊里奇没来由地大发雷霆，突然向它吼道：

"你这畜生，真该遭雷劈！"

天上下起了雨夹雪，他的脚弄湿了，冻僵了。他又喝了些山梨伏尔加酒，吃了点葵花子油炸土豆和腌黄瓜，接着又喝了蘑菇白菜汤和小米粥……喝得他满脸发红，头脑发沉。

他用脚踢掉脏皮靴，连衣服都没脱就躺倒在床。可是想了想一会儿又得起来：天黑前要给马、牛、绵羊喂麦秸秆……不行，还是把麦秸秆和干草拌在一起，浇点水，再加上盐……要是放纵自己的话，准会睡过头。迪洪·伊里奇伸手到橱柜上拿起闹钟，上了发条。闹钟又嘀嗒嘀嗒地走了起来，韵律均匀的嘀嗒声使屋子变得更加平静。迪洪·伊里奇的思路渐渐模糊了……

然而恍惚间，突然听到了教堂粗沉响亮的教堂歌声。迪洪·伊里奇吓得睁开了眼，一开始只认出两个农民扯着嗓子大声唱歌。屋外天寒地冻，湿大衣的气味从厅里传进来。后来他坐起身，才看清楚那两个人：有一个是瞎子，麻脸，小鼻子，长嘴唇，头盖骨又大又圆，而另一个是马尔卡·伊万诺维奇！

马尔卡·伊万诺维奇过去也只不过是小小的马尔卡尔，人们都叫他"四处游荡的马尔卡尔"。——有一天，马尔卡尔顺公路出去时走进了迪洪·伊里奇的小酒馆——脚踩树皮鞋，头顶无边便帽，身穿油腻腻的军大衣，手拄镶铜边的长棍,棍子的顶端有个十字架,末端是支矛头。肩上背个背包,挎只军用水壶;头发又长又黄,脸盘又灰又宽,鼻孔像猎枪的两个枪筒;断了的鼻梁像个木鞍架,而眼睛和鼻梁的感觉一样,闪亮中透着犀利。这人恬不知耻,快速拿起烟,一根又一根抽了起来,鼻孔中冒着烟气,语气粗鲁、简短,容不得别人反对。这口气正好对迪洪·伊里奇的味儿——很明显,"是条名副其实的汉子"。

迪洪·伊里奇立马帮他脱下军大衣,留他做自己的助手。可没想到马尔卡尔竟是个小偷,不得不将他暴打一顿,撵出店门。过了一年,马尔卡尔成了全县出了名的灾星,人们一见到他就像遭了难似的害怕。只要他走到人家窗下,悲伤地唱起"与圣者一起安息"或者给一块神香、一撮香灰,那家定会死人。

现在,马尔卡尔穿着原先那套衣服,手里拄着棍子在门口高唱,瞎子翻着白眼珠子和他一唱一和。看着瞎子这令人难受的模样,迪洪·伊里奇一下就断定他是个在逃的罪犯:像头凶残的野兽一样令人害怕。然而更可怕的是这两个流浪汉唱的歌。瞎子忧郁地抖着扬起的眉毛,用他带鼻音的、令人作呕的高嗓门吼着,马尔卡尔亮闪闪的眼睛一动不动,发出嗡嗡的男低音。结果形成一种无比高昂、粗鲁而又和谐、有力、恐怖的古教堂合唱。

瞎子起头儿唱:

全世界都将泣不成声!
马尔卡尔"铿锵有力"地重复:
泣不成声,泣不成声。
瞎子吼道:
在救世主面前,在圣主面前。
马尔卡尔傲慢地张开鼻孔,大声威吓:
罪人都必忏悔!

接着又用他的低音伴着瞎子的高音,口气凛然地唱:

难逃上帝的审判!

难逃地狱的火海!

突然间他停了下来,呼哧呼哧喘了两口粗气,和瞎子一齐用已经习惯了的傲慢口气命令道:

"老板,来杯酒暖和暖和。"

没等回答,他就跨过门槛,走到床边,把一张画塞到迪洪·伊里奇手里。

这只不过是从插画报上剪下的一张普通画,但迪洪·伊里奇一看不由得毛骨悚然。几棵树被暴风雨压弯了树干,乌云中一道刺眼的闪电把人劈倒在地,下面的注解写着:

"让·保尔·里希特尔遭雷劈。"

迪洪·伊里奇吓了一跳。

但他慢慢地把画撕成碎片。然后从床上爬起来,穿上靴子,说:

"吓唬傻子去吧。小子,你,我可是清楚得很!随便拿点儿什么,赶紧上路吧。"

他走进铺子,给站在门廊的马尔卡尔和瞎子拿了两磅椒盐卷饼、两条腌鲱鱼,然后用更严厉的口吻说:

"请上路!"

"烟叶呢?"马尔卡尔厚颜无耻地索要。

"我自己还抽不上呢,"迪洪·伊里奇打断了他,"你小子,别想跟我讨价还价!"

停了会儿,他又说:"照你干的那些勾当,绞死都不够!"

马尔卡尔看了眼在一旁站得笔直的瞎子,扬起眉毛,问:

"教友,你说呢?是绞死还是枪毙?"

"枪毙好,"瞎子正经八百地回答,"最后死得痛快。"

夜幕降临，大片的云朵变成青灰色，泥浆开始上冻，带着冬天的冷清。送走马尔卡尔后，迪洪·伊里奇在门廊上跺了会儿冻僵的脚，然后回到屋里。他没脱衣服，坐到窗前的椅子上，点着烟，陷入沉思之中。想起了夏天、暴动、新媳妇、弟弟和老婆……想起现在还没付短工的工钱。他总爱拖欠工钱。在他这打过零工的姑娘小伙儿秋天一天到头站在他门下哭穷诉苦，吵闹过，也放过狠话。可他却无动于衷，他大喊上帝可以做证："家里只剩下两戈比小钱，不信你们搜！"他翻着自己的口袋和钱包，装作气疯了的样子往地下吐吐沫，好像自己受了冤枉，怨那些讨债的"不要脸"……但现在想想，这种做法并不妥当。他对待妻子也冷酷无情，时不时地冷落她。突然间，他感到惊骇无比：上帝啊，连她是什么样的人，我竟然都不知道！她咋活的？想的啥？这么多年伺候他，心里啥感觉？

他把烟头扔了，又点上一支……呵，马尔卡尔这小流氓还挺机灵！可是这么机灵，怎么猜不出啥人啥时候遭啥难？至于迪洪·伊里奇自己，时日也不多了。毕竟，年纪也不小啦！多少跟他年纪差不离的，早都死了！人是逃不过生老病死的。有孩子也不管用，他不了解孩子，在孩子眼里，他只是陌生人，对于活着的和死去的至亲也是如此。世上人多得像满天星星，而生命却如此短暂，从出生、长大、到死，如此匆匆。对彼此知之甚少又很快遗忘。仔细想想，真是要疯掉！原先他对自己说：

"我的一生应该被称颂……"

但是又何必称颂呢？没什么可称颂的，也没有什么值得称颂的。自己度过的日子连他自己都不记得。比如说，小时候的事儿已经忘得一干二净，只恍惚记得一年夏天，一个同龄人和一件轶事：他烧了人家的猫尾巴，结果挨了一顿打。有人送了他根短皮鞭，一个锡口哨，他别提多高兴了。有一回，醉酒的父亲叫他——声音既亲切又忧伤：

"过来，小迪洪，宝贝，快过来！"

他突然揪住了自己的头发……

要是倒腾买卖的父亲现在还活着就好了,迪洪·伊里奇也只是出于怜悯,赏这老头一口饭吃,不会去了解他、关心他。对待母亲也一样,若问他:还记不记得母亲?他的回答是:我记得有那么个驼背老太婆……晒牛粪、生炉子、偷偷喝酒、不停埋怨……别的就都想不起来了。他在马托林商店做了差不多十年工,却感到恍如一日:四月的雨淅淅沥沥,滴滴答答落在锈迹斑斑的铁板上,而铁板则被"砰"的一声扔进铺子旁的货车……一个灰暗、阴霾的晌午,一群鸽子落到另一家卖面粉、黍米、麦麸铺子旁的雪地上,扑腾着翅膀咕咕叫——而他和弟弟则在门口用牛尾巴抽陀螺……马托林那时年富力壮,脸色紫红,下巴刮得很干净,脸颊两边留着两撮姜黄色的胡须,后来也剃掉了。他现在穷得咣咣响,老得不成样子,穿着褪色呢子大衣,戴一顶高筒帽,从一家铺子跑到另一家,从一个熟人转到另一个,下下跳棋,到达耶夫酒馆坐坐,喝点小酒,稍稍喝醉,然后不停地说:

"咱是小人物,喝点,吃点,付了钱——然后回家!"

马托林见到迪洪·伊里奇,差点没认出来,可怜兮兮地笑笑,问:

"难道你就是小迪洪?"

而迪洪·伊里奇今年秋天第一次见到弟弟的时候也差点儿没认出来:"难道这就是库兹玛?与我走街串巷、游走多年的亲弟弟?"

"你老了,弟弟。"

"可不是吗,是老了些。"

"可老得太早。"

"就因为我是俄国人,所以老得快!"

迪洪·伊里奇点了第三支烟,犹疑地望着窗外。

"难道在别的国度也一样?"

不,不可能。他认识的一些熟人也去过国外——像商人鲁卡维什尼科夫,他们都说……就算鲁卡维什尼科夫没说,也可想而知。就拿在俄罗斯的日耳曼人或犹太人来说吧：他们做事有条不紊，彼此了解，是朋友，不仅是酒肉朋友，还是有福同享、有难同当的好友；告别以后相互通信，父母和亲朋的照片代代相传；教导爱护子女，和他们一起散步，和他们平等地交谈——所以子女长大后也有值得回忆的东西。而我们俄罗斯人呢？相互仇视、妒忌、诽谤，一年只探望一次，若遇到某人突然来访，才忙个不停地收拾屋子……客人来了又怎么样，连一勺果酱也舍不得给！来客要无主人劝说，一杯也不多喝……

窗外驶过一驾三套车。迪洪·伊里奇目不转睛地仔细打量。拉套的是精瘦的快马，拉的四轮马车也是重新修葺过的。这是谁家的呢？附近没有哪家有这样的三套车。这一带的人穷得要死，有时三天都吃不上面包，连圣像的金缕衣也扒下来卖光，窗户玻璃破了没钱买新的，用枕头堵窟窿，屋漏没钱修，下雨的时候，天花板像筛子一样往下滴水，地上都是盆啊、桶啊……接着，靴匠杰尼斯卡也走了过来。他要去哪儿呢？手里提了个什么东西？是箱子？真是个蠢货，上帝啊，原谅我说这冒犯话！

迪洪·伊里奇机械地穿上橡胶鞋，走到门廊。外面已是初冬青色的薄雾。他深深吸了口新鲜空气，又停下来，坐到长椅上……是啊，格雷和他儿子也算是个家！迪洪·伊里奇想象着自己和杰尼斯卡一样，手提箱子，踩着稀泥回杜尔诺夫卡。他仿佛看到了他的庄园、沟渠、农舍、黄昏、弟弟家里的灯光……库兹玛一定是坐在那儿看书。新媳妇站在寒冷黑暗的门厅，在不太暖和的炉子旁边，烤着手和后背，等着吩咐"开晚饭"！她抿起干裂的嘴唇，想这些什么……是什么呢？是罗德卡？说罗德卡是新媳妇毒死的？纯属胡说八道！但是如果她真的毒死了罗德卡……哦，主啊，如果真是她毒死的，她心里是什么滋味？她的心里压着多厚的墓石啊！他想象着站在自家的门廊上远眺杜尔诺夫卡村，远眺沟壑后斜坡上黑漆漆的农舍，那些谷棚和院子后面的杨柳树……柳丛后是田野，田野左边是铁路岗亭，暮色中，客车亮着一串灯光从那儿驶过。随后农舍也亮起了灯。夜越来越黑，也越来越温馨——但每次望着新媳妇和格雷的小屋,心里就泛起一丝难过,两家都坐落在杜尔诺夫卡村中央,只隔着三家院子,都没亮着灯。格雷家的孩子像鼹鼠一样待在漆黑的屋子里,赶上农舍点着灯的夜晚,惊喜得不得了……

"啊,罪过啊!"迪洪·伊里奇站起身来,语气沉重地说,"不,天理不容,一定有补救的办法。"说着便向车站走去。

下霜了,车站飘来的茶饮味儿更香了,那儿的灯光越发明亮,三套车的铃铛也响得更欢。真是辆漂亮的三套车!看着赶车人的瘦马,破破烂烂的车身,溅满泥浆的歪斜车轮,就觉得可怜。车站门"吱吱呀呀"地开开关关,站门前是一个小花园。绕过花园,迪洪·伊里奇登上高高的石台,石台上架着能盛得下两桶水的铜茶饮,正在炉子上冒火舌,就在那儿,他偶遇了要找的人——杰尼斯卡。

杰尼斯卡右手提一只灰色皮箱,上面镶满锡铆钉,用绳子捆着,而他正站在台阶上低头沉思。头戴新帽,脚套旧皮靴,身上穿件破旧、厚重的粗布大衣,衣服盖过腰部,两边的垫肩耷拉下来。他身材不协调,上身长,下身短。加上他那过腰的呢上衣和歪斜的靴子,腿显得更短了。

"杰尼斯卡,"迪洪·伊里奇喊道,"你这无赖,站这儿干啥?"

对什么事都不吃惊的杰尼斯卡平静地抬起黑黑的、睫毛长长的、带着忧郁笑容的眼睛,接着摘下帽子。他头发灰不溜丢,厚得不行,脸色灰黄,像是抹了油,不过眼睛很漂亮。

"你好,迪洪·伊里奇,"他用城里人的悦耳调门回答道,并像往常那样略显羞涩,"我上……上……图拉。"

"能问问,去干啥呀?"

"可能……能找份活儿干……"

迪洪·伊里奇打量着他。手中提只箱子,从大衣口袋里露出一卷红红绿绿的小册子。那大衣……

"这身打扮可不像图拉城的少爷!"

杰尼斯卡也仔细看了看自己。

"你说的是这呢子上衣吗?"他谨慎地问,"我到图拉一赚到钱,就去买件轻骑装。今年夏天卖了点报纸,混得还算不错。"

迪洪·伊里奇朝箱子努嘴问:

"那是啥玩意儿?"

杰尼斯卡垂下眼答道:

"我买了只箱子。"

"是呀,穿轻骑装就得配箱子!"迪洪·伊里奇嘲讽道,"口袋里是啥?"

"乱七八糟,什么都有。"

"让我瞧瞧。"

杰尼斯卡放下皮箱,从口袋里拿出小册子。迪洪·伊里奇接过册子,仔细翻看。有歌集《玛璐霞》、《放荡妻子》、《暴力下的贞女》、《致父母、老师、恩人诗集》、《无产……》。

迪洪念到此处,迟疑了一下,站在一旁的杰尼斯卡当即迅速而谦虚地提醒:

"《无产阶级在俄国的作用》。"

迪洪·伊里奇摇摇头。

"真新鲜!吃都吃不上,却买手提箱,买书,这竟是些什么书呀!难怪人家说你捣乱分子。听说你连沙皇也骂,小心点儿,老弟!"

"我反正没有地产,"杰尼斯卡苦笑道,"也没触犯过沙皇。他们胡编乱造,搞得我像个死人一样。其实欺君犯上的事我连想都没有想过——莫非我犯神经病?"

门吱吱呀呀响了,走出一个灰白头发的退伍警察——是个得哮喘病的士兵,后面跟着个油光头发、小眼睛、肥胖臃肿的食品部售货员。

"请让让，老爷们，我们要抬茶饮……"

杰尼斯卡拎起箱子把手，退到旁边。

"定是从哪儿偷来的？"迪洪·伊里奇瞥着提箱，回想起他来这儿的目的。

杰尼斯卡垂着头一声不吭。

"箱子是空的，是吧？"

杰尼斯卡大笑起来：

"空的……"

"让别人赶出来了？"

"是我自己要离开的。"

迪洪·伊里奇叹气道。

"跟你爹一样，"他说，"他总是那样：人家撵他走，他却说，'是我自己离开的。'"

"我要是说谎，我眼睛就瞎掉。"

"算了，算了……你回家了吗？"

"在家待了两星期。"

"你爹又没活干了吧？"

"现在闲着没活。"

"现在！"迪洪·伊里奇嘲讽道，"你真是个土老帽儿，还想冒充革命党呢！想学狼，可是改不了狗尾巴。"

"你也是同样的货色。"杰尼斯卡低着头，心里暗暗反驳道。

"这么说来，谢雷就坐那儿闲着抽烟？"

"因为他什么本事都没有。"杰尼斯卡附和道。

迪洪·伊里奇用手指敲了敲他的脑袋：

"你个傻瓜，至少不该露傻气！哪儿有当众作践亲爹的？"

"一条老狗，不能算是爹，"杰尼斯卡满不在乎地说，"是爹，就该给我饭吃，他养活我啦？"

但迪洪·伊里奇没听他说完，因为这恰好是个机会，可以开始谈正事。他打断对方的话，问：

"你真是满嘴空话！有去图拉的车票钱吗？"

"买票做什么用？"杰尼斯卡回答道，"上帝保佑，我一进车厢，就躲到座位底下。我就到尤利亚诺夫卡。"

"那怎么读你那些小册子呢？在座位底下可读不了。"

杰尼斯卡想了想。

"有了，"他说，"当然不能总待在椅子底下，等有机会溜进厕所。在厕所里，读到天亮都行。"

迪洪·伊里奇眉头紧锁：

"听着，蠢货，你已经老大不小的了，别唱那些老调了。回杜尔诺夫卡去干点儿正事。因为你这模样，看着都让我恶心。在我那儿……连看家的都比你日子过得好。开始我可以帮你办点货，凑些家具……挣了钱，可以自己养活自己，还能接济你父亲。"

"他有什么企图？"杰尼斯卡想。

迪洪·伊里奇拿定主意把话说完：

"你也该娶亲啦。"

"行——呀。"杰尼斯卡想到，不慌不忙地卷了支烟。

"行，"他平静地回答，语气有点忧伤，没抬眼，"我不反对，娶媳妇也是可以的，这比找婊子强。"

"你算是开了窍，"迪洪·伊里奇接话说，"不过老弟，得注意啊，你得理智，怎么养孩子得想着点，这是需要钱的。"

杰尼斯卡哈哈大笑。

"你笑啥？"

"咋不笑？喂养，又不是喂养鸡啊，猪啊。"

"孩子可不比鸡和猪少花钱。"

"娶谁啊?"杰尼斯卡冷冷一笑,问道。

"娶谁?想娶谁都行。"

"让我娶新媳妇?"

迪洪·伊里奇满脸通红。

"蠢货!新媳妇有啥不好?脾气好,干活儿又勤快……"

杰尼斯卡沉默了一会儿,用指甲抠着皮箱上的铆钉头,后来假装若无其事的样子,拉着长调说:

"能当新媳妇的有许多,不知道你指的是谁……是跟你同居的那个吗?"

迪洪·伊里奇已经恢复了常态。

"同居不同居,关你蠢猪屁事!"他的回答迅速而且威严,吓得杰尼斯卡连忙顺从地小声说道:

"这是赏我的脸……我只不过……随便说说……"

"行了,别说废话。我要叫你过得像个人样,知道不?送你一笔娶亲费,明白不?"

杰尼斯卡心中暗自盘算。

"我先去图拉一趟……"他说。

"公鸡想找金谷子!图拉城能给你多少好处?"

"在家只能饿肚子……"

迪洪·伊里奇解开衣服,把手伸进厚呢外衣的口袋里,打算给杰尼斯卡一枚二十戈比的硬币,可转念一想:"乱花钱也挺蠢,再说,这家伙会说我收买他,反而扬扬得意起来。"于是装成找什么东西似的。

"哎呀,忘了带烟,给我卷一支。"

杰尼斯卡递过烟袋。门廊上面的灯亮了。迪洪·伊里奇借助昏暗的灯光,出声念烟袋上的白线绣字。

"烟荷包赠我意中人作永久留念。"

"有意思!"他说。

杰尼斯卡羞答答地低下眼睛。

"这么说来,你已经有意中人啦?"

"那样的母狗哪儿都是!"杰尼斯卡毫不在意地答,"娶媳妇,我当然愿意,圣诞节前我肯定回来,愿上帝保佑……"

一辆满是污泥的货车经过小花园驶进门廊。车辕上坐着个庄稼汉,埋在货车麦秆里的则是尤利亚诺夫卡教堂的助祭戈洛罗夫。

"开走了吗?"助祭惊慌地问,一面把穿着新鞋的脚从麦秆堆里伸出来。他那棕红头发乱成一堆,帽子滑到了后脑勺上,因为风吹和激动,脸红红的。

"你是问火车?"迪洪·伊里奇搭腔,"没有,还没进站呢。"

"啊,感谢上帝!"助祭高兴地叫了起来。不过他还是跳下车,急忙直冲进门去。

"好吧,就这么定了,"迪洪·伊里奇说道,"咱们圣诞节前见。"

半明半暗的候车室又湿又冷,充满湿乎乎的皮袄、茶饮、烟和煤油的气味。那么多的烟气,使得人的喉咙都觉得痛。门不停地开关,提着马鞭的农夫聚在一起大声喧哗——那是些尤利亚诺夫卡的赶车人,在这儿做生意,有时要在这里待上一个星期。一个做粮食买卖的犹太人竖起眉毛,戴顶高筒礼帽,穿件带兜的大衣,肩上撑把伞,在人群中穿梭。售票处附近几个乡下人在为老爷的漆布箱过秤,代行站长助理职务的电报员冲着他们嚷嚷。这个电报员是个年轻人,腿短,脑袋大,一撮卷曲的黄额发按哥萨克的样式从帽檐下露出来,飘散在左太阳穴上。一条青蛙花纹的猎犬蹲在肮脏的地上,睁着悲哀的眼睛,浑身一个劲儿打战。

迪洪·伊里奇挤过人群,走到食品柜跟前跟营业员闲聊了一会儿。后来他就回家去了,杰尼斯卡还站在台阶上。

"我想求你一件事,迪洪·伊里奇。"他说,比平常更加腼腆。

"还有什么事?"迪洪·伊里奇没好气地问,"要钱?不给。"

"不,不要什么钱,请你读读我写的信。"

"信?给谁的?"

"给你。早想给你了,没敢给。"

"信里说啥?"

"不过是……写了写我过的日常生活。"

迪洪·伊里奇从杰尼斯卡手中接过纸片,塞进衣袋,踩着上冻而有弹性的污泥回家去了。

现在他重新来了劲儿,想干活儿,他高兴地想到又该是喂牲口的时候了,只可惜一时气愤,把"油饼"赶走了,如今他只好夜里不睡觉,自己干啦。奥斯卡这人靠不住,大概他已呼呼大睡,要不就跟厨娘一起大骂主子……迪洪·伊里奇从厨房亮着灯光的窗下蹑手蹑脚地走过道,把耳朵贴在厨房门上细听。门后传来嬉笑声,接着是奥斯卡的声音:

"还有这么个故事。从前,村里有个庄稼汉,穷得不能再穷。有一天这汉子出门耕地,花斑狗紧随他身后。他犁地,花狗在地里嗅呀、刨呀,像是找着什么东西,忽然汪汪叫了起来。咋回事?庄稼汉走近一看,坑里有个铁罐……"

"铁罐?"厨娘问。

"你听着。铁罐就是普普通通的铁罐,可里面藏着金子,多得没法数……当然农夫一下子发了大财……"

"净瞎谈!"迪洪·伊里奇暗想,可好奇地想听下文:那庄稼汉后来怎样了?

"庄稼汉发了大财,置田买产,像个大商人……"

"不比咱那铁腿子差。"厨娘在一旁插话。

迪洪·伊里奇冷冷一笑。他知道,人家早就管他叫"铁腿子"——谁都有个绰号!

可奥斯卡继续说道：

"比他还富……可是啊……他的狗突然死了。他伤心得没法。咋办？应该厚葬啊……"

爆出一阵大笑。奥斯卡本人也笑了，还有一个老的，他一边笑，一边咳嗽。

"那不是'油饼'吗？"迪洪·伊里奇心里一咯噔，"啊，感谢上帝！我曾对这傻蛋说过：你会回来的！"

"庄稼汉去找神父，"奥斯卡往下说，"他央求神父说：我的狗死了，应该安葬它……"

厨娘又乐得忍不住嘟囔：

"瞧你这嘴皮子，笑死我了！"

"让人说完嘛！"奥斯卡高声说，接着以陈述的腔调一会儿形容神父如何如何，一会儿形容庄稼汉如何如何。

"'神父啊，我的狗死了，应该安葬它。'神父跺脚骂道：'怎么安葬？狗也要进墓地？我要让你戴上脚镣手铐，让你坐牢！''神父啊，那狗可不是普普通通的狗，它临死的时候，说要捐献教堂五百卢布。'神父跳起来：'笨蛋！我哪是怪你不该给它下葬？我是骂你不懂该葬在什么地方。应该把它葬在教堂院子里！'"

迪洪·伊里奇大咳，推开门。桌上亮盏油灯，灯罩破口处贴的纸片被烟熏得黑黑的。厨娘正在灯下用木梳子梳理湿淋淋的头发，不时停下来冲着灯光，看着梳子。奥斯卡叼支烟，仰头大笑，并晃动着穿树皮鞋的双脚。炉灶旁，有红色的火星在昏暗中忽明忽灭——准是抽烟斗的火光。迪洪·伊里奇推门刚一出现在门槛上，笑声戛然而止，抽烟斗的那人怯怯地站起身来，把烟斗从嘴里拿出来，藏进衣袋……没错，是"油饼"！不过迪洪·伊里奇装作早上什么事都没发生，兴高采烈地、非常友好地喊道：

"伙计们，该去喂料了！……"

他们提着灯笼在院子里来回走动,灯光照亮了结了冰的牲口粪和散落在地上的麦秆。食槽、柱栏投下一道道大大的阴影,栖息在檐下草垛上的鸡群惊醒了,飞落在地,往前冲着身子,逃往四面八方。马看到灯光扭过头来,一双双大大的紫眼睛显得奇怪而庄重,而且像抽烟似的呼呼从鼻孔里往外吐热气。迪洪·伊里奇放下灯笼,抬头仰望天空,高兴地看到院子上方方正的天空洁净无云,多彩的繁星闪烁着光芒。北风吹过草棚顶时,发出清脆的沙沙声。土墙缝里透过一丝丝凉气……谢天谢地,冬天来了!

喂完料,吩咐过送茶饮后,他提灯走进冷飕飕的、香气四溢的铺子,挑了条上好的腌酸鲱鱼。饮茶之前吃点咸的也不赖!就着茶吃完鲱鱼,喝了几杯甜中带苦、红里带黄的花楸伏尔加酒,又斟上一杯茶,这才从口袋里掏出杰尼斯卡的信,开始辨认那潦草的字迹。

"杰尼斯卡赚了四十卢布便收拾东西……"

"啊,四十!"迪洪·伊里奇想,"这破衣烂衫的小子居然得了四十卢布!"

"可杰尼斯卡到了车站,钱却被小偷偷得一戈比不剩,走投无路,发起愁来……"

要认出这潦草字迹既困难又乏味,不过长夜漫漫,无事可做……茶饮咕嘟咕嘟响个不停,油灯映射出宁静的光,平和而寂静的夜晚透着丝丝忧伤,窗外的梆子声在寒冷的空气中回荡……

"我发愁父亲脾气那么大,这叫我怎么回家……"

"上帝啊,这笨蛋是在说谢雷脾气大哩。"

"我最好还是去密林中找棵高大的枞树,拴上捆绳子,永远了断我这个身穿新裤却没有靴子的人的苦命……"

"'没有靴子'!这倒是实话。"

迪洪把信纸扔进刷牙缸,支着胳膊注视起油灯来。

"我们是个奇怪的民族,多么丑陋的灵魂!有时像条恶狗,有时又愁容满面,自怨自艾,如同杰尼斯卡或他自己——迪洪·伊里奇……"

窗户玻璃开始结霜滴水。远处传来悠扬的梆子声,响亮、清脆……"唉,要是有孩子就好了,要是能有个漂亮的寡妇能代替我那臃肿的老婆……老婆每天烦人地讲她那公爵小姐和一个叫波利卡尔皮的虔诚修女。可是,为时已晚,为时已晚……"

迪洪·伊里奇解开绣花衬衫领,苦笑地摸了摸脖子和耳朵后面陷下去的地方……耳朵后面有个坑,是衰老的第一个征兆。脸成了马一样的瘦脸!其他地方也不好。他低下头,把手插进胡子——胡子也白了,又干又乱。"不,全完了,全完了,迪洪·伊里奇!"

他喝呀,喝呀,醉意浓浓,牙关咬得更紧,眯着眼睛凝视油灯上一动不动的火苗……"你想想,去亲弟弟那儿走一趟的工夫都没有,因为猪缠着你。即使放你去了,也没多大乐趣。库兹玛会跟你讲一大堆道理,新媳妇会抿着嘴,垂着眼睛站在一旁……仅仅这双垂眼就足以让你撒腿就跑!"

心一阵阵疼痛,头晕目眩……从哪儿听到这首歌的?

在那寂寞的夜幕,
百无聊赖处,
来了心上人,
将我轻轻爱抚……

"哦,想起来了,那是在利比典的客店里听到的。在那冬天的黄昏,蕾丝女工一边坐着织蕾丝,一边用响亮的高音唱:
"亲吻,拥抱,直到离别
……百般的亲昵……"

头脑里乱作一团,一会儿觉得前程似锦,有欢乐,有自由,有无忧无虑的日子,一会儿感到绝望伤痛,一会儿又说:"只要口袋里有钱,就不愁找不到女人!"忽而又气急败坏地瞅着油灯狠狠地骂他弟弟:"哼,装作教师先生,像大主教一样说教人……其实就是穷光蛋一个!"

伏尔加酒已经喝光,烟气把房间熏成黑的了……他只穿件单薄的上衣,摇摇晃晃地踩着凹凸不平的地板走进黑暗的过道。新鲜空气夹杂着狗毛味儿和干草味儿,两颗绿莹莹的光在门槛上闪了一下……

"班扬!"他喊道。

他朝班扬的头猛踢一脚。

星光灿烂。黑沉沉的大地死一般寂静,夜色在闪闪星光中更显温柔。一条微微泛白的公路横在中间,两端消失在暮光中。远方传来沉闷的仿佛发自地下的隆隆声,声音越来越大,突然从东南方穿过一列特快列车,汽笛声响彻四方,一串灯火通明的车窗闪着白光,拖着一股女巫鬈子似的浓烟,越过公路驶过去了。

"这车从杜尔诺夫卡附近经过,也从格雷、小偷和小鬼身边经过……"迪洪·伊里奇一边自言自语,一边打着嗝回上房了。

瞌睡的厨娘端了一铁罐油腻的菜汤,垫着油烟熏得黑漆漆的抹布,送进灯油将尽、烟气熏天的房间。迪洪·伊里奇瞥她一眼,说:

"快给我出去!"

厨娘转身踢开门,消失得无影无踪。

迪洪·伊里奇拿起盖特萨克的日历,用锈迹斑斑的钢笔蘸了蘸锈住了的墨水,紧咬着牙,懒散的双眼没精打采地睁着,开始在日历的各个方向无休无止地写着:

"盖特萨克盖特萨克盖特萨克盖特萨克……"

2

库兹玛一辈子都在梦想读书和写作。

诗算得了什么！只不过是"写着玩"。他想要讲述他如何沉沦，以前所未有的无情笔触描绘自己的贫困可怕的日常生活，这生活使他变成了畸形人，"无花果"。

在思考自己生活的时候，他自我谴责，又自我辩解。

他的经历也就是俄国一切自学成才者的经历。他出生在一个有一亿多文盲的国度，长在迄今仍斗殴致死人的考尔拉亚·斯洛博达，身处极端的野蛮和愚昧之中。教会他和迪洪识字识数的是他邻居，胶皮鞋铸型工别尔金。别尔金之所以教他俩，也只是因为闲着没事干。在斯洛博达，胶皮鞋听都没听说过！与其懒洋洋地坐在墙角边披散着头发，光着脚晒太阳，对着两脚间的灰土地吐口水，倒不如从别人身上捞几个"买酒钱"花。在市场上的马托林商铺干活时，兄弟俩学会了读书写字。库兹玛渐渐迷上了书本，这是市场上的一个自由主义者，臭脾气的老头，拉手风琴的巴拉什金送的。但在铺子里可没时间读书！马托林时常斥责："该死的小鬼，再看那些书，我扯下你的耳朵！"

在那儿，库兹玛开始写作。第一篇小说，讲的是一个商人在可怕的雷雨之夜经过穆罗姆森林，投宿黑店被强盗所杀。库兹玛浓墨重彩地描绘了他临死之时的祈祷，他的心事，以及他如何哀叹自己不公正的一生，他"过早地断送了"的性命。但市集上的人毫不留情地泼他冷水：

"上帝原谅，你真是个笨蛋！'过早的'！这大肚子商人早该见鬼去啦！再说你怎么知道他想啥？强盗不是把他杀了吗？"

于是库兹玛模仿科里佐夫的格调写了一首诗，说一位年迈的勇士把自己骑的忠实宝马送给了他的儿子。勇士赞颂说："我年轻时它曾背我游走四方。"

"好哇，"别人对他说，"那匹马该有多大岁数了？哎，库兹玛，库兹玛，写些符合实际生活的东西不是更好，比如说，写这场战争……"

于是库兹玛迎合市场上那帮人的口味，开始写他们那时候常常议论的俄土战争：

> 在七七年，
> 土耳其人打起了仗，
> 派出军队，
> 想把俄罗斯抢。
> 可这是一支什么样的军队：
> 头戴剪头帽，
> 偷偷摸到沙皇的枪炮……

后来他痛感这些小诗笨拙、低俗，蔑视异邦人尖头帽这种粗野言语简直一文不值！

母亲死后，兄弟俩卖掉她的遗物，离开马托林铺子开始做起小买卖。但库兹玛仍常去他原先待过的县里，像从前一样和巴拉什金保持友谊，巴拉什金赠给他或者建议他读的书，他都热心阅读。说实话，在和巴拉什金谈论席勒时，他也想借用老头的手风琴玩玩。他十分赞颂《烟》这部小说，说"聪明人不读书也心明眼亮"。他拜访科里佐夫坟墓时狂喜地抄录满篇别字的碑文："埋在这碑下的是沃龙涅什市民，诗人亚力塞·瓦西列维奇·科里佐夫，他沐浴圣恩，无师自通而成为饱学之士……"

老年的巴拉什金又高又瘦，无论冬夏都穿同一件霉绿的厚呢子大衣，戴同一顶暖帽，大面盘上的胡须刮得干干净净，嘴歪向一边，说起话来尖酸刻薄，嗓音低沉苍老，灰黑的面颊上布满扎人的银白硬毛，突起的绿油油的左眼珠斜视着，正好与嘴歪的方向相同，那样子，看了就叫人害怕。有一回，他听完库兹玛关于"无师自通"的一番话后怒气冲天，瞪大眼珠，把烟卷一扔，任烟丝散落在鲱鱼罐头上，怒斥道：

"蠢货，胡说些什么！你是否好好想过，我们'无师自通'落得个什么下场？"

他重新捡起卷烟，气冲冲地感叹道：

"仁慈的主啊！普希金被打死了，莱蒙托夫被打死了，皮萨列夫淹死了，雷列耶夫被绞死了……托斯托夫斯基刑场被绑，果戈理被逼疯了……还有谢谱琴科呢？波列扎耶夫呢？你说该怪政府？可俗话说，有什么样的仆人，就有什么样的老爷，老百姓也是罪有应得。啊，世界上哪儿还能找得出像俄罗斯这样的地方，这样的人民？该受三倍的诅咒！"

库兹玛不断摸索长礼服上的扣子，一会儿扣进扣眼，一会儿解开，皱着眉，堆起笑容，回答道：

"请允许我提醒你，是非常伟大的人民，而不是'这样的人民'。"

"别来歌功颂德那一套！"巴拉什金又嚷嚷道。

"不，我偏要歌功颂德！毕竟这些作家正是我们人民的儿女。普拉东·卡拉塔耶夫便是公认的人民的典型。"

"为什么不写叶罗什卡？不写卢卡什卡？老弟，若我提笔也能写出个金枝玉叶，声震文坛！为什么写卡拉塔耶夫而不写拉祖瓦耶夫和克鲁帕耶夫？不写吸人血的、放高利贷的神父，腐朽的助祭，萨尔特奇哈一类的女地主，卡拉马佐夫和奥博罗莫夫，赫列斯塔科夫和诺兹得廖夫，或者，远了不说，为什么不写你那浑蛋哥哥？"

"普拉东·卡拉塔耶夫……"

"去你的卡拉塔耶夫吧，我看不出他有啥优点！"

"那么俄国的殉道者、苦行僧、圣徒、托基督之名的先知、分裂派教徒呢？"

"啊，那么古罗马克洛西姆斗兽场、十字军东征、宗教战争、无数的教派，还有那宗教改革家路德又怎么说呢？不，别想糊弄我，没那么容易！"

对，该做的就是学习。可是找什么时间学，上哪儿学呢？

他整整五年都花费在做买卖上，这是一生中最美好的时光啊！能上一次城就算是莫大的幸事，可以休息、访友、闻到面包房和铁皮屋的味儿，可以在托戈瓦亚街的鹅卵石上漫步，喝点茶，吃点白面包，在"卡尔斯"酒馆听波斯进行曲……商铺的地板是用茶水洒过了的，鲁达科夫门前举行有名的逗鹌鹑游戏，卖鱼的、卖菠萝的，以及廉价烟草发散着特殊的气息……巴拉什金见库兹玛走近来便露出亲切却又丑陋的笑容……之后就诅咒谩骂起斯拉夫主义者，把别林斯基和最恶毒的谩骂连在一起，慷慨激昂地列举许许多多的人名和引语来相互攻击，最后得出最绝望的结论："现在真正完蛋了，我们在一个劲儿地倒退，倒退到亚洲人的野蛮啦！"老头叹着气，忽然压低嗓门，环顾四周说道："你听说了吗？萨蒂科夫快要死了。这是最新消息！据说给他下了毒药，他们说……"而第二天一大早，又是货车、草原、热浪或者泥泞，在颠簸的货车上看书真是让人痛苦至极……他久久地凝视远方的草原，在心中酝酿甜蜜而又忧伤的诗句，可是往往会被别的思路打断，考虑自己的出路，或者怎样和迪洪拌嘴……路途中尘埃和焦油的气味令人兴奋，薄荷饼的香甜和猫皮的臭味令人窒息……更不用说连续两星期不换一次衬衣，吃着干冷的粮食，靴子变了形，走路一瘸一拐，脚磨出了血泡，夜宿别人家里或是过道里……这些年真是苦不堪言！

从这样的苦日子中解脱出来后，库兹玛在胸前画了个大大的十字。但总得想法糊口啊！在叶利茨附近，他跟一个牲口贩子干了没多久，就去了沃龙涅什。他早就爱上沃龙涅什的一个有夫之妇，对那儿魂牵梦萦，一待就是十年，住在粮食收集站附近，当中间人并时不时地给报纸写些有关粮食的短文。他用托尔斯泰的杂文、谢德林的小品解闷，不料绵绵愁思涌上心头，萦绕不散：虚度光阴，他这一辈子很快就要完蛋了。

九几年，巴拉什金得疝气死了。库兹玛最后一次跟他见面是他死前不久。这是一次什么样的会面啊！

一个人阴着脸狠狠地抱怨道："应该写，否则会像野地里的牛蒡草一样枯死……"

另一个也眯着死气沉沉的眼，艰难地挪动着下巴说："是的，是的，我早说了，每时每刻都要学习，思考……不断观察周围的一切，观察我们悲苦贫穷的生活……"

他无奈地笑了笑，把喇叭烟卷放在一边，打开小桌的抽屉。

"你读吧，"他从中找出一叠揉皱了的纸和剪报，"读这一沓宝贝吧……我读啊，剪啊，抄啊……我死了，它会对你有用的，这都是有关俄国艰难生活的记录。但是，等一下，有一个小故事我要找来读给你听一听。"

他翻了半天也没能找到，便开始寻着眼镜，心急如焚地摸索着各个衣服口袋，最终停下来摆摆手，摇摇脑袋，皱着眉说：

"算了，算了，你现在知道的还少得很，尽力而为吧，别一口吃个胖子。介绍给你的题材，关于苏霍诺瑟的，你写了吗？还没有？真笨！多好的题材！"

"要写就写农村，写人民，"库兹玛说，"你自己也经常说：俄罗斯，俄罗斯……"

"难道苏霍诺瑟不是人民，不是俄罗斯？整个俄罗斯不过是个乡村，你好好记着！看看周围，照你说这是城市？每天傍晚牛羊满街，烟雾笼罩，连隔壁邻居都看不清楚。你还叫他'城市'！"

苏霍诺瑟……多年来一直回荡在库兹玛的脑海中。考尔拉亚·斯洛博达的这个卑贱老头，他的全部家产只不过是沾满臭虫尿的草垫子和老婆遗留下的带着虫眼的大衣。他靠要饭维生，贫病交迫，以每月半卢布的租金在卖熟食的女摊贩屋里找了床板过活。按女摊贩看来，他只要卖掉家产，生活现状就能大大改善。但他十分珍惜这份遗产——倒不是出于对逝者的怀念，只不过心中认为，自己虽然不能与他人相比，但总算有点儿财产。他觉得这份家产值个大价钱："如今这样的女式大衣哪里找？"他不反对，压根不反对卖掉它，反而开价高得荒唐，买主听了简直目瞪口呆……库兹玛对村里的悲剧十分了解，不过当他思考如何叙述时，不由得陷入村上的琐碎小事，勾起他对童年、青年时代的回忆，于是思路如一团乱麻。苏霍诺瑟在他丰富绚烂的想象中淹没了，转而想写自己的心声，把摧残他生命的一切披露出来。可是他一生中最可怕的东西莫过于单调和平庸，它以令人难以理解的速度化成令他束手无策的琐事……

自那以后，他又一事无成地过了好几年。和他同居的女人产后发热死后，他到沃龙涅什当过一段时间的中间人，后来又在利佩茨克的一家蜡烛店里当过柜台，在卡萨特金庄园当过办事员，一度成为托尔斯泰的狂热信徒，差不多一年不吸烟，一滴酒不沾，不吃肉，手里不离《忏悔录》，还打算跟着反教堂仪式派迁往高加索……不料有一天他受人委托去基辅办事……那是天气晴朗灿烂的九月末，空气新鲜，太阳不再灼热，列车向前奔驰，车窗大开，色彩缤纷的树林从窗外掠过……可令库兹玛意想不到的是一大群人挤在涅仁的候车大厅门旁围住什么人叫喊，争吵越发激烈，库兹玛心跳加速，朝他们奔去，很快钻进人丛，见到车站站长的红帽子和高个宪兵的灰大衣。那宪兵正斥责三个乌克兰人，他们恭恭敬敬地站着，神情有些固执，身穿厚短粗大衣，脚踩巨大靴子，头戴褐色绵羊帽，可皮帽勉强遮住绑着绷带的圆脑袋。绷带上的血已经结痂，发硬，眼睛肿胀，臃肿而呆滞的脸上青一块紫一块，净是发干变黑的伤口。原来是这三个人被饿狼咬伤，现去基辅的诊所治疗，他们身无分文，几乎每到一个大站都得饿着肚子等上一整天。库兹玛得知不让他们上这趟车，只因为这车是"特快"，他顿时怒火中烧，在一群犹太人的助威声中冲那宪兵嚷叫，跺脚，因此把他临时拘留，还将他的一言一行做了记录。他一边等下一班车，一边喝得烂醉如泥。

三个乌克兰人是从契尔尼科夫省来的。库兹玛总想象着那是个荒凉的地方，都是些茂密的老林子，三个人与猛兽徒手搏斗的事令他想起弗拉基米尔王子时代，想起原始森林，想起农夫的远古生活。喝得醉醺醺的库兹玛哆嗦着手一边斟酒一边感叹："啊，那是个什么样的年代！"宪兵和那几个唯命是从的穿袍子狗腿子使他憋了一肚子气:宪兵蛮横,三人迟钝,全都该诅咒。罗斯,古罗斯啊!……酒劲上了头,眼前浮想联翩,把一切夸大到不自然的程度,库兹玛热泪盈眶。"'勿反抗'行得通吗?"他想起托尔斯泰提出的主张,不由摇头苦笑。邻桌有个衣着整洁正在吃饭的年轻军官背朝他,库兹玛饶有兴趣地瞪眼看他:雪白的制服短得要命,高高的腰身都露了出来,让我上去帮他往下扯一下,要是他跳起来嚷嚷,就给他一耳光,看他反抗不反抗……他到了基辅,把正事撂到一边,连着三天饮酒作乐,在城里和第聂伯河陡峭的河岸闲逛。在圣索菲亚大堂祷告的时候许多人都惊奇地打量着站在亚罗斯拉夫石墩前的一个消瘦的俄罗斯人。这人样子真是奇怪,祷告结束了,人们也散去了,看守人把蜡烛熄灭了,可他咬紧牙关,稀疏的灰胡子垂到胸口,闭起深陷的双眼,倾听响彻教堂上空悦耳的钟声,表情既痛苦又幸福……傍晚时,又见他在大堂附近跟一个跛脚男孩坐在一起,泛起忧伤暗淡的微笑,张望大堂的白色围墙和秋空中金色的教堂圆顶。小男孩光着头,肩上跨个粗麻袋,瘦弱的身上披件脏衣裳,一手端着个只有一戈比小钱的木碗,另一只手不停地变换位置和姿势,像摆弄着什么东西般摆弄他那仿佛不是长在自己身上的右腿。右腿已经变形萎缩,膝盖以下光秃秃的,长着金色汗毛的腿肚子细得出奇,被太阳晒得黝黑。四周并没有什么人,他无精打采,疼痛难忍地仰着几经风吹日晒,满是灰尘的短平头,袒露出孩子纤细的锁骨,任凭苍蝇叮着他的鼻涕,不停地拖长声音唱道:

瞧瞧我们,做母亲的,
我们多么不幸,我们多么痛苦!
唉,愿主保佑,做母亲的,
不再有人如此受苦!

库兹玛从一旁应和:"是呀,是呀,唱得对。"

在基辅他已经意识到自己不会在卡萨特农场待得太久,前景渺茫,势必穷困潦倒。后来果真如此。他在农场又待了一小段日子,但处于一种耻辱困窘的境地:总是醉醺醺的,衣衫不整,嗓子也哑了,满身廉价烟草的味道,难以掩盖颓废的样子……后来堕落得更厉害:回到他原来住的县城,靠剩下的几个钱勉强过活,整个冬天只好在霍多夫客店的床板房过夜,到巴布伊市场上的阿夫杰伊奇酒馆打发光景;大部分的铜钱都办了件蠢事——出版他的诗集,然后厚着脸皮向阿杰夫伊奇酒馆的顾客们半价兜售……然而这好像还不够,他还成了逗笑的小丑!有一次他站在市场上一家面粉铺旁,看乞丐怎么向走出门来的商人莫如新拍马屁。莫如新的面容犹如映照在铜茶饮上的脸,一副刚睡醒的可笑神情,反而对一只正舔着他亮皮靴的猫感兴趣。但乞丐并不因此气馁,他捶胸耸肩,提着沙哑的嗓门赞叹道:

"喝得醉醺醺,
才是聪明人……"

库兹玛臃肿的眼睛一亮,接话说:
"最好莫过行乐,
最妙莫过酒浆!"

一个面若母狮的老太太从这里经过,她停下来,皱着眉看了看库兹玛,举起拐杖,恶狠狠地,字正腔圆地说:

"主祷文你大概背得不那么熟吧!"

他已经堕落到无可堕落的地步,可这反倒救了他。犯过几次严重的心脏病后他马上停止酗酒,断然决定开始过一种最简单的劳动生活,比方说租个果园或者菜地……

这念头使他很高兴。"是的，是的，"他想，"正是时候！"他真是需要休息，过清贫纯洁的生活。他已渐渐衰老，胡子变得花白，往后梳的卷曲分头看上去也稀疏铁青，脸色黑了，脸盘瘦了，颧骨更加凸出了……

春天，在和迪洪言归于好的前几个月，库兹玛听说县里卡扎科夫的果园要出租，便急忙赶去打听事宜……

五月初，乍暖还寒时节，下着蒙蒙细雨，县城上空的云团如秋天般阴沉。库兹玛穿了件旧呢外套，戴顶旧帽子，套双磨损的靴子，向普西卡尔村后的车站走去。一路晃着脑袋，牙缝里叼着烟，堆着笑容，双手插在短外套里。有个赤着脚的男孩夹着一大叠报纸迎面跑来，边跑边活泼地喊着他的陈词滥调：

"大罢工啦！"

库兹玛讥讽地笑道：

"晚啦，小伙，有新一点儿的消息吗？"

报童停下来，亮着眼睛回答道：

"新消息在车站被警察扣下了。"

"唉，还谈什么宪法！"库兹玛讽刺地说道，跨过水洼，沿着被雨水淋黑了的破栅栏，湿漉漉的花园和坡上一溜破败房屋的窗户走去。房屋一直绵延到山脚下，这里已是县城的尽头。

"太不可思议了，"他心里想，"以前遇到这种天气，杂货铺和小酒馆里的人懒洋洋地打哈欠，啥话也不说，现在大家都在热烈谈论杜马，造反和火灾，还说什么'穆罗姆采夫刮了总理的鼻子'……瞧这情景，兔子尾巴长不了。"

他想起村警在县里公园演奏的事来。最近上边派了整整一百个哥萨克来县里，三天前在商业街上一名醉酒的哥萨克走近公共图书馆打开的窗户，对着管理小姐一边解裤,一边强迫要她买下他那个《算数》课本。当时一旁站着个年老马车夫,指责他不害臊,不料哥萨克拔刀砍了他的肩膀,并破口大骂,追逐吓得四散奔逃的行人……

库兹玛身后几个小姐儿踩着一块块石头跨越村头浅浅的小河,一边用尖细的嗓音唱:"把猫皮往下扒,你分得小猫爪。"

"这帮丫头片子,凑在一起没啥好话说!"走在库兹玛面前的列车员呵斥道。

不过从他声音可以听出,他是忍着笑说的。列车员身上的制服大衣让人看着都觉得沉重无比,腰带挂在仅有的一颗扣子上,旧长靴上粘满干泥。过了歪斜的小木桥,往前便是被春汛冲出的一道山沟。山沟旁长着一排瘦弱的柳丛。库兹玛闷闷不乐地瞧了瞧柳丛和村上众多的茅草屋顶,那飘浮在屋顶上空的青色烟云和嘴里叼根骨头的大黄狗……

"不,不,"脚就在上坡路上,心里想着,"兔子尾巴长不了啦!"到了坡顶,已能见到空旷绿野当中车站的红砖房。他冷冷一笑。议会!议员!就说昨天他回到花园之前,按照过节的惯例,公园张灯结彩,放烟火,村警乐队演奏《斗牛士》、《在河畔,在桥边》、《马特奇什》舞曲和《三套车》,演奏《加洛普》曲时还插进对白"嘿,可爱的姑娘们"。他从公园回到客店,拉了半天门铃——没人答应。周围静悄悄地也没有一个人影。广场西面街尽头处是日落后青蓝色的寒冷天空,他头顶上的乌云聚集了好大一片……最后,总算有人拖着脚步哼哼哧哧地进了门,那人将钥匙在锁孔里拧了一会儿,嘴里嘟囔着:

"腿瘸了……"

"怎么会呢?"库兹玛问。

"被马踢伤的,"那人打开院门说,"好啦,眼下只剩两个客人了。"

"两个审判员吗?"

"是的。"

"他们来咱县城干吗?"

"来审一个议员……据说那议员想往河里下毒。"

"议员?你这傻瓜,难道议员会干这样的事?"

"天知道……"

村边土屋门前站着个穿破鞋的高个老头,手里拿根长长的榛子木棍,见有行人,便装作老态龙钟的样子,双手拄棍,耸着肩,愁眉苦脸,好像力不从心,田野里潮湿的冷风吹乱了他一头灰发。触景生情,库兹玛想起父亲,童年……果戈理的咏叹调突然浮现在他脑海:"罗斯,罗斯!你奔向何方?"他暗地寻思:"罗斯!罗斯!"全是空话,见鬼去!"议员打算往河里下毒"——更应该这样说……造成如此局面,该怪谁?不幸的是人民,首先是人民!……库兹玛绿莹莹的小眼突然间像近来一样噙满泪水。前不久他去巴布伊市场上的阿夫杰伊奇酒馆,院子里泥浆没踝,从院子到二楼的腐朽木梯臭气熏天,连他这个见过些世面的人也觉得恶心。掀开蒙有破毛毡的油腻、沉重的大门,酒馆里烟雾弥漫,碗碟的碰撞声、跑堂的脚步声和留声机嗡嗡的吵闹声震耳欲聋。他走进一个客人较少的房间,坐下要了瓶蜜酒……脚下踩的地板上满是呕吐物、柠檬片、鸡蛋壳、烟头……可他对面靠墙坐着个穿树皮鞋的高个农民美美地笑着,摇动头发蓬乱的脑袋,全神贯注地倾听留声机里发出的喧响。桌上摆着一公斤伏特加酒,一只杯子,几片白面包,那庄稼汉却不吃不喝,只是看着自己脚上的树皮鞋晃动脑袋。忽然他察觉到库兹玛正盯着他看,立刻瞪大欣喜的眼睛,抬起长满黄色卷胡子的可爱脸蛋,受宠若惊地说:"哎,我这是顺道来。"接着,像为自己辩解,又说,"先生,我兄弟在这儿做买卖……是我亲兄弟……"库兹玛含着眼泪,咬紧牙——唉,该死,百姓窝囊成什么样啦?"顺道来"看望阿夫杰伊奇被认作莫大荣幸!这还远远不够,当库兹玛站起来说"再见"的时候,庄稼汉忙不迭站了起来,心里别提多高兴了,想到他在这样的豪华场所坐着,还被当做要人看待,就感激不尽,赶紧回道:

"请别见怪……"

在从前,车厢里大多谈论大雨或大旱,谈论"粮价是由上帝决定的"。现在许多人都在翻阅手中的报纸,谈论的话题又都是杜马、自由权、土地归公,谁也没注意车厢上空的瓢泼大雨,虽然坐在车厢里的粮商、农民、田里出身的小市民没有一个不盼着春雨的。一个瘸脚年轻士兵从走道过来,得了黄疸病,乌黑的眼睛流露着哀伤。他拄拐往前移动,摘下满洲高筒皮帽,像乞丐一样伸向每一个旅客,以讨得施舍。人们群情激奋地议论政府,议论部长杜尔诺沃和官家的燕麦……并把过去曾大加赞赏的事拿来嘲讽一番:在朴茨茅斯,维嘉为吓唬日本人,怎样命令他将自己的箱子捆起来……坐在库兹玛对面,留着法式小平头的年轻人红着脸激动地插话:"打扰一下,各位先生,你们在大谈自由……我给一个税务专员当文书,同时写一些文章寄给首都报纸……我写文章管他什么事?他说他也赞成自由,可他听说我写了篇文章说我们消防工作做得不太好,就把我叫去训话:'狗娘养的,你再写这玩意,我拧下你的脑袋!'请问,如果我的观点比他的左……"

"观点?"坐在年轻人一旁的一个胖阉割派教徒,面粉商切尔尼耶夫突然用侏儒的尖嗓子叫喊。他穿双圆瓶口靴子,一直用那双猪眼在看那年轻人。此时没等对方明白过来,嚷道:

"观点?你也有观点?你还左得多?你光屁股的时候我就见你满地乱跑!你差点儿没饿死,也跟你爹一样是要饭的!你该给专员洗脚,喝冷水!"

"宪法啊!"库兹玛用尖细的声音打断了阉割派教徒的话,站起身跳下马车,朝车门口走去。

他不愿再看阉割派教徒那双年轻女管家式又短又肥的小脚,以及婆娘般厚实的姜黄脸,薄嘴唇……初中教师波洛佐夫也不错!他披件灰斗篷大衣,亮亮的眼睛,滚圆的鼻子,亚麻色的胡须垂到胸口,倚着拐杖亲切地频频点头称是……库兹玛走到旅客上下的车门走道口,吸了一大口寒冷清新的新鲜空气,心中颇为畅快。雨哗哗地敲打顶棚,两侧水流如注,水花四溅。车身摇摇晃晃。雨声、车轮声混杂在一起。迎面而来的电话线如波涛般此起彼伏。浓密、青翠的榛树林一转眼就掠了过去。忽然,一群男孩从路旁探出头来,大声喊着什么,库兹玛感动得笑了,脸上布满了细小的皱纹。忽然看见前面对面站台着个朝圣的,一副沧桑善良的庄稼汉模样,一把白胡子,戴顶宽沿帽,用绳束着呢子大衣,背一个口袋和一把锡壶,脚上套双短筒靴。库兹玛用盖过车轮声和雨声的嗓门向他喊道:

"朝圣回来啦?"

"从沃龙涅什回来。"他殷切地回答,但声音微弱。

"说那儿的人把地主往火里扔?"

"往火里扔……"

"太好了!"

"什么?"

"我说:太好了!"库兹玛高声说。

他转身用哆嗦的手抹去夺眶而出的泪水,掏出烟袋来卷烟。一下子思绪又乱了:"朝圣的是人民,阉割派教徒和教师难道就不是人民?废除农奴制才不过四十五年,怎么能责怪人民?那么究竟怪谁呢?人民自己!"库兹玛的脸又变得阴沉了、消瘦了。

到了第四站,他出了月台,雇了辆车。农民车夫先开价七卢布,说是距卡扎科沃有十二俄里路程,后减成五个半卢布,最后其中一个说:"给三卢布,我拉你去,都别废话啦。现在可不比从前……"不过口气还是软下来,陈词滥调地说:"饲料贵啊……"终于以一个半卢布的价钱成交。道路泥泞难以通行,车又小,马瘦弱得像驴,竖起两只大耳朵。车慢慢驶出了车站院子。马车夫坐在车杆子上拼命拽着缰绳,似乎要使出全身的力气来帮着套马。在车站上,他吹嘘他的马"撒开腿就再也收不住",眼下显然在为这话感到惭愧。但最窝囊的还是他本人：年纪轻轻，身材魁梧，脚裹白色裹脚布，穿双树皮鞋，上身是带腰带的短衫，破旧的檐帽压住黄黄的头发，身上透着有炉子但没烟筒的农舍气味以及大麻的气味——全像古时候的农夫，但是脸色苍白，不长胡子，脖子粗肿，声音喑哑。

"你叫什么名字？"库兹玛问。

"叫阿赫瓦纳西……"

"名字倒挺美！"库兹玛试探性地想。接着又问：

"姓呢？"

"梅尼绍夫……啊！该死的，快走啊！"

"有病吗？"库兹玛指指他的脖子。

"说有病，也只是喝冷克瓦斯喝多了。"梅尼绍夫避开库兹玛的目光，顾自嘟囔着。

"咽东西的时候痛吗？"

"咽东西——倒是不痛……"

"得，别瞎扯了，"库兹玛严肃地说，"赶早去医院看病！娶亲了吧？"

"娶了……"

"你瞧，孩子生下来，都托你的福，长个好模样儿。"

"不假。"梅尼绍夫表示同意。

他一个劲拉扯马缰。"嘿，简直拿你没办法，该死的！"最后发现是白费力气，也就作罢，放松了下来。沉默许久，突然问：

"掌柜的，杜马开会了没有？"

"开了。"

"听说马卡罗夫还活着，只是不让说。"

库兹玛耸耸肩。鬼知道草原上的这些家伙在想什么！"不过，这地方可富得流油，"他跷着腿坐在光板车上，身下只垫了块破抹布和一小把麦秸，眼睛打量着街道，苦痛地想着。"多好的黑土地呀！路上的泥浆油油地发蓝,树、草、菜园子浓密墨绿……可那些农舍却都是土坯房,房顶上晒着牲口粪。"农舍旁停着一辆快干裂的运水车,运来的水里游动着蝌蚪……这算是富裕人家了。可场上的谷棚已经破旧不堪。有牲口院,有大棚门,房子是麦秆子做的屋檐,砖砌的墙有两排,分正屋和偏屋,房间壁还用石灰画了图案:一处画根棍子,棍端画两个分杈,像是枞树;另一处画了个公鸡模样的东西。小窗也用石灰添上弯弯曲曲的花边。"这也算创作!"库兹玛冷冷一笑,"要说是,也是穴居时代的。"两扇板门上用木炭画了个十字架。门廊一侧横卧着一块大墓石,看来是为爷爷奶奶那辈准备的……是的,这人家可以说是富户了。但房周围是没过膝盖的泥浆,台阶上躺着一头猪,窗户小得很,里面黑咕隆咚:高床板啦,纺织机啦,大炉子啦,泔水桶啦,塞得满满当当……而家是个大家庭,孩子成群,冬天还有小羊羔、小牛犊……湿气弥漫,烟雾腾腾,以致屋里总有股霉味,孩子挨了一耳光,又哭又叫,妯娌对骂:"叫雷轰死你,贱母狗!"盼对方"大斋戒噎死"。婆婆摔炉子,摔叉子,又摔碗,举起青筋暴露的黑手朝媳妇扑过去,喷着唾沫星子咒骂……公公有病动弹不了,便不停地说教……

马车转了个弯,经过牧场。那儿正准备赶集,有的地方已经支好帐篷架,堆着车轮,陶碗,匆匆忙忙搭起的炉子已经生火,飘着油炸饼的味道;场上还有灰色的吉普赛大篷车和拴在车轮上的牧羊犬。再往前走,公家酒馆附近,一群青年男女挤在一起嚷嚷。

"百姓在寻欢作乐呢。"梅尼绍夫若有所悟地说。

"碰上什么喜事啦?"库兹玛问。

"指望着哩……"

"指望啥?"

"那不明摆着吗,指望家神赐福呗!"

"嗨!"有人在大伙顿足声中高唱,"不耕耘,不得收,薄荷饼送到姑娘手!"

人群后站了个个不高的汉子，穿着朴实、干净——脚踩树皮鞋，缠着裹脚布，沉甸甸的新裤子和灰色的短上衣都是家织布料缝的，他忽地一挥手，灵巧地踩踩脚，用高音嚷道："让开些，让老爷瞧咱露一手！"说罢钻进人圈，在一个高个小伙面前疾速摆动双腿。那小伙戴着檐帽，正低头着了魔似的扭动着皮靴，一面，脱掉黑上衣扔到一边，身上仅剩一件新棉布衬衫，阴郁而苍白的脸汗涔涔。

"我的儿子！宝贝！"在不停的喧闹和踩踏声中，穿羊毛裙的老太婆则伸出双手向小伙哭喊，声音震耳欲聋："看在基督的分儿上，行啦，你会累死的！"

不料宝贝儿子仰起头来，咬牙切齿地挥舞拳头，满脸怒气，踩脚狠骂：

"你这臭婆娘，一边去，别叨叨！……"

"她把辛苦织出的布全卖了，把钱通通花在儿子身上，"梅尼绍夫解释，"爱儿子都爱疯了。因她是个寡妇。可儿子天天醉酒，待她没好脸色……真叫活该！"

"'活该'是什么意思？"库兹玛好奇地问。

"娇惯孩子，那就活该遭罪受……"

农舍旁，长椅上坐个瘦长男子，腿像两根棍子插在靴子里，破裤子下面尖尖的膝盖上搁着他没有血色的大手，一顶帽子像老年人那样压到额头上，瞪大痛苦的、祈求般的眼睛，没有了人样的瘦脸拉得长长的，半张着灰白色的嘴唇……

"纸糊灯笼，"梅尼绍夫指着病人说，"闹肚子，半死不活两年了。"

"怎么，纸糊灯笼是他的绰号吗？"

"绰号……"

"真蠢！"库兹玛说道。

另一个农舍旁坐着一个小妞，她扬起身注视着路人，一边伸出舌头，把嚼碎的黑面包喂着她臂弯戴睡帽的婴儿。库兹玛不忍看这伤心的景象，赶忙掉过头去……打谷场尽头，柳树在风中沙沙作响，斜插的一个稻草人两只空袖飘飘荡荡。同草原连成一片的打谷场叫人看了总是那么使人忧伤难过，再加上这稻草人，这秋天的云，为万物平添了一份青绿的味道，野地里呼呼吹来的风，鸡群在长满叶藜和艾草、露了顶的谷棚里闲逛……

远方露出两长条绿林，那是长满橡树的峡谷，人们称它为裤子沟。从裤子沟到卡托科沃的一路上，库兹玛遇到了雹子雨。梅尼绍夫的马见快到村子，终于撒腿跑开了。库兹玛眯起眼，捡起身下的湿麻布遮住头，手已冻得发麻，可冰冷彻骨的水流不断灌进呢大衣的领子，破麻布被水淋得越来越重，并且发出一股粮仓的霉臭味。雹子往头上打，车轮溅起的硕大泥点子往四处飞，车辙下的水哗哗流，不知什么地方的受惊羊羔咩咩叫……最后，库兹玛再也透不过气，索性掀掉头上的破麻布。雨渐渐地小了，天也快近傍晚。草场上的牲口成群成群地从库兹玛乘坐的货车，穿过绿油油的田地，往农舍跑。一只细腿黑绵羊跑到一边去了，见一只赤脚婆娘在追赶，她撩起湿漉漉的裙子，露出雪白的小腿肚。西方，村头处天越来越亮，而东方庄稼地上空，灰蒙蒙的积雨云后面悬起来两道彩虹。空气中飘着绿野浓郁的湿味，院落一片温暖。

"请问哪儿是东家大院？"库兹玛问一个宽肩膀、穿白衬衫红羊毛裙的婆娘。

婆娘站在石阶上，手牵着哇哇大哭的小姑娘。小姑娘的号声尖厉刺耳。

"大院？"她反问，"谁家大院？"

"东家的。"

"谁家的？啥都听不见……啊，你呀，死丫头，哭什么哭，噎死算了！"她把小姑娘一扯，后者被扯得转了个身。

又去另一家农院打听。过了大路往左，然后向左拐，经过一处门窗统统钉死的贵族老式庄园，下坡来到小河桥头。梅尼绍夫脸上、头发上、外衣上不住地往下滴水，被雨打湿的白睫毛胖脸盘显得更加呆笨了。他正好奇地瞭望前方。库兹玛顺他的目光看去,对岸山坡上便是卡扎科夫家茂盛的果园以及由坍塌杂物棚和石墙残迹围起的大院,院中三株枯死的枞树背后露出东家的住所:生锈的红铁皮屋顶和灰色的外墙。可桥下聚集着一群庄稼汉在看热闹。原来在他们前面刚被雨水冲刷过的陡坡上,三匹瘦马拉着四轮篷车在泥水中挣扎,车旁站个雇农,破衣烂衫,但模样挺俊:一大把红胡子,眼睛很机灵。这会儿他脸色苍白,拉紧马缰吆喝:"驾,驾!"那些庄稼汉却打哈哈,吹口哨,一个劲喊:"呼啊,呼啊!"车上坐个穿孝服的少妇,她焦急地向前伸出双手,长睫毛上挂着大大的泪珠。焦急的神情也流露在坐在他一旁的男子眼里。那是胖子,火红胡须,紧握手枪的右手手指上的婚戒闪耀夺目。他不停地挥动左手,穿着驼毛上衣,戴着暖呢帽感觉有点儿热,便把帽子推到脑后门上。他们对面坐两个孩子,一男一女,白白的皮肤,包着大围巾,睁大好奇的眼睛东张西望。

"这是米什卡·西维尔斯基家的,"从三套车旁驶过时,梅尼绍夫冷眼瞧着孩子,扯着沙哑的嗓门说,"昨儿西维尔斯基被烧死了……活该!"

地主卡扎科夫的事务由村长经营。村长当过骑兵,身材魁梧,是个粗人。一个拉着一车湿淋淋青饲料进院子的雇工说,有事该去下房找。这天村长遭遇不幸,婴儿死了,库兹玛没受到啥好礼遇。他留梅尼绍夫在门外,自己朝下房走去。此时恰好村长的老婆满眼泪痕,腋下夹着只听话的麻花母鸡从果园回来。台阶上,在廊柱之间,一个穿斜口衬衫和深筒靴的年轻人见她走近,喊道:

"阿加菲亚,你抱它去哪儿呀?"

"抱去宰了。"村长老婆哭丧着脸回答。

"让我来吧。"

阴沉的天空又掉起雨点。年轻人丝毫没有察觉地走到冰窖,开开门,从门槛后抄起一把斧子。一分钟后"喀"的一声,无头麻花鸡伸着血淋淋的脖子在草地上跑开了。跑一阵,绊倒一次,打个滚,扑腾着翅膀,羽毛

和血渍洒得满地都是。年轻人扔下斧子往果园扬长而去,村长老婆抓住断头鸡,走到库兹玛跟前问:

"什么事?"

"来租果园。"库兹玛答。

"你跟费奥多尔·伊凡纳奇说去。"

"他在哪儿呢?"

"马上要从地里回来了。"

于是库兹玛在下房敞开的窗子外等待。往里望,半明半暗中有炉灶、铺板床、桌子。窗下长凳上放着洗衣盆——其实是一口形似洗衣盆的棺材,其中躺着死去的婴儿。大脑袋的婴儿几乎没有头发,小脸蛋发青……有个胖胖的盲姑娘坐在桌子旁用一把大木勺子从汤盆里掏牛奶和面包碎块。苍蝇在她头上嗡嗡,又在死婴脸上爬动,随后落进了汤盆的牛奶中。但盲姑娘像座石像似的直愣愣坐在那儿,眼睛凝视着黑暗,仍在掏吃的。库兹玛开始感到害怕,忙转过身去。冷风一阵又一阵地吹来,乌云越积越多,天空越来越暗。院里耸立着两根柱子,柱子横梁上像挂着圣像似的挂了块大铁板。那就是说,住这里的人夜里害怕,是用它来报警的。院中间还躺着几条瘦猎狗。有个男孩,八岁左右,拉着辆声音刺耳的小车在狗群中来回奔跑,车上坐着他的小弟弟,长张牛脸,浅色头发,戴顶大黑帽。主宅阴森森的,在这暮光将临之际,住里面的人大概寂寞难耐吧?"至少也得点个灯啊!"库兹玛想。他疲倦极了,觉得从城里出来快一年了……

他在果园里度过了黄昏,又度过了夜晚。从田间骑马归来的村长没好气地说"果园早租出去了",对他提出的借宿要求轻蔑地嘲笑道:"你倒机灵,上这儿来住客店!像你们这等四处流浪的人眼下多着呢!"不过最后起了怜悯之心,准他在果园的浴室里过夜。库兹玛打发走梅尼绍夫,绕过屋子,沿菩提树林荫道朝果园入口走去。从敞开的黑暗窗户里,从防蝇铁网后传来钢琴优雅的叮咚声和醉人的歌喉,这声音既不与黄昏也不与这宅地协调。林荫道的尽头好像世界的边缘，那隐隐约约地露着一角白云蓝天。一个暗红头发的庄稼汉，没系腰带，也没戴帽子，穿双沉重的皮靴，手拎个桶，正沿着肮脏的林荫道过来。

"你听，你听，"他一边走一边嘲讽道，仔细倾听着这歌声，"唱得多带劲！"

"谁唱得这么起劲啊？"库兹玛问。

庄稼汉抬起头，停顿了一下。

"东家少爷，"他嬉皮笑脸地说，"听说他唱了七年啦！"

"哪个少爷？宰鸡的那个吗？"

"不，另一个……这还不算啥，有时亮开嗓子唱'今天是你，明天是我'，真是妙极了！"

"他是在练歌吧？"

"练得有多棒！"

一字一停，话带嘲讽，满不在乎，库兹玛不由多看他一眼。头发像雨伞一样，从四面披散下来。脸不大，没什么特殊的地方，是那种古俄罗斯式的，苏兹达尔公国时期的长相。大靴子，瘦身材，而且硬得像块木头。肿眼泡，老鹰眼，瞳仁带着金边，垂下眼帘的时候像个普通的汉子，可一抬眼帘甚至有些毛骨悚然。

"你是看果园的？"库兹玛问。

"看果园的。不看果园又看啥？"

"叫什么名字？"

"我啊，叫阿基姆……你呢？"

"我是来租果园的。"

"哈，错失良机啦。"

阿基姆讥讽地摇摇头，走开了。

风一阵比一阵紧，把绿树上的水珠全都吹落下来。果园后面的什么地方响起一个个闷雷,白蓝色的闪电照亮了林荫道,到处都听得到夜莺的歌唱。很难明白在这沉重、铅灰色的云天下,在被风吹弯的枝丫上,在潮湿稠密的灌木丛间,夜莺怎能如此卖力,如此兴高采烈,如此甜蜜热烈地歌唱,发出一串串银铃般的颤音,更难明白守夜人怎能在烂窝棚里、在湿麦秸上、在风中过夜。

守夜人一共三人,都得了病。年轻的那个过去是面包师,如今成了流浪汉,正发着烧。另一个也是流浪汉,犯了肺痨,他自己说"没啥,只是肋间发凉"。阿基姆有夜盲症,是由机体恶化引起的,一到黄昏就看不清东西。库兹玛进窝棚时,脸色惨白、性格随和的面包师正蹲在窝棚旁,撩起棉衣袖口,露出一双瘦弱纤细的手臂,在木碗里淘小米。米特罗凡这个个头矮小、肩膀宽阔、脸色黝黑的病秧子浑身上下穿着湿透的衣裤,踩双马蹄似歪斜的破鞋,站在面包师一旁,耸着肩,睁大褐色的亮眼盯看他干活。阿基姆此时提来一桶水,动手给泥灶生上火,鼓吹着火焰,还进窝棚抱来一把干燥些的麦柴塞进烟气腾腾的炉灶底下,做这些的时候张大嘴巴呼啦呼啦喘气,对同伴们的打趣漫不经心地嘲笑,有时却说上几句机智的狠话。库兹玛闭上眼坐在窝棚一旁的湿椅子上,时而倾听谈话,时而倾听夜莺啼鸣。阴暗的天空里电闪雷鸣,一阵阵潮湿的夜风吹过林荫道,把冷冷的水珠吹落他身上。由于饥饿,又抽了几口劣质烟草,他的胃隐隐作痛。稀糊面似乎再也熬不熟了。有个念头在他头脑里转悠:也许有一天他也会像这些更夫那样过野兽般的生活……一阵阵冷风,远方单调的雷鸣,夜莺的啼鸣,阿基姆懒散的、漫不经心却极其刻薄的话和那刺刺拉拉的嗓门都刺激着他的神经。

"我说,阿基姆,就买不起一根腰带吗?"面包师装作好心地说,同时瞅了眼库兹玛,要听阿基姆怎么对答。

"你等着瞧,"阿基姆不假思索地语带讥讽地回答,一边撇出铁锅中翻滚的沫子,"等咱们在东家这儿干完夏天的活,不但给我自己买腰带,还给你买双崭新的皮靴。"

"'崭新的皮靴',我可没求着你买。"

"你脚上穿的是双破鞋呀!"

阿基姆说罢便精心地品尝起沫子的味道。

面包师难为情地叹了口气:

"咱们哪儿能穿得上靴子!"

"别往下说了,"库兹玛插嘴,"你们倒是说说吃得咋样。每天就喝这稀粥?"

"你想吃啥?鱼?火腿?"阿基姆舔着勺子,头也不回地问,"那好呀:几两白酒,半斤鲶鱼,一块火腿,掺着果汁的茶……但这连稀粥也不是,老兄,连稀糊面都算不上,就是一锅烂粥!"

"有时候是不是也熬点儿蔬菜汤喝?"

"我们那汤啊,你瞧瞧是啥样的?泼到狗身上,狗也烫去一层皮!"

库兹玛摇头叹道:

"你因为有病,脾气才那么大,还是治病去吧!……"

阿基姆没有回答。灶门里的火已渐渐熄灭,铁锅底下只剩一小堆暗红的灰煤渣。果园更暗了。风鼓起了阿基姆的衣衫。亮蓝色的闪电不时把人们的脸庞照亮。米特罗凡坐在库兹玛一旁,把身子支在木棍子上。面包师坐在菩提树下的一段树桩上,听到库兹玛最后几句话,面容严肃地说:

"在我看来,一切都由上帝安排好了。上帝不给你健康,什么医生也帮不了你的忙。阿基姆说得对:注定哪天死,怎么也拗不过。"话中充满了对命运的顺从和忧伤。

"医生!"阿基姆眼盯着灰烬,语带讽刺地说,"医生!……老兄,医生只知道盯着他们的钱袋子,我恨不得把那家伙的肠子拉出来!"

"并非个个医生捞钱。"

"我也不是个个都能见着呀。"

"没见着就别空穴来风,胡说八道!"米特罗凡厉声说,转身朝向面包师。

阿基姆一反笑呵呵的平心静气的常态,瞪大鹰眼白痴似的嚷嚷:

"什么,我空穴来风,你住过医院没有?住吗?啊?可我住过,我住过七天。你那医生给了我几个白面包?几个?"

"笨蛋,"米特罗凡打断他的话,"并非各个病号都能吃上白面包,要看你得的是啥病。"

"啊,还看你得什么病?那叫他自己吃去,叫他撑破肚皮噎死!"阿基姆大声说道。

他气愤地看了看众人,把勺子往"稀糊面"里一搁,进了窝棚。

阿基姆喘着粗气呼哧呼哧点亮灯,窝棚里顿时显得舒适宜人。后来他从顶棚里拿出勺子,扔到桌上,向外面叫喊:"端稀糊面啦!"面包师应声站起端铁锅。"请上桌!"他经过库兹玛身边时说。但库兹玛只要了一块面包,撒上些盐,津津有味地嚼着回到长椅上。天全黑了。白蓝色闪电像被风吹散显得更宽、更快、更亮。每打一个闪,枝头的绿叶如同在白昼里看得一清二楚,转眼就被黑暗吞噬。夜莺也不唱了,只有窝棚上方的一只还在甜美热情地啼鸣。"他们甚至不问一声我是谁,我是从哪儿来的,"库兹玛暗想,"唉,这伙人啊,真没出息!"他开玩笑地向窝棚喊:

"阿基姆,你怎么不问一声我是什么人,从哪儿来?"

"问它干吗?"阿基姆回道。

"我倒想问他另一件事,"那是面包师的声音,"他估计杜马能给咱多少地?你说呢,阿基姆?"

"我没文化,"阿基姆答,"你从粪堆里看得明些。"

大概面包师对他的话又有点儿摸不着头脑,一时语塞。

"他这是冲我来的,"米特罗凡向库兹玛解释,"有一次我说起咱这样的罗斯托夫的无产阶级苦穷人,冬天只能在粪堆里避冷生存……"

"出城找个粪堆,掏个窝,像猪一样钻进去,也不怕冷,多自在!"阿基姆乐呵呵地接话道。

"笨蛋!"米特罗凡回答道,"有啥好笑?你要是穷得没办法,也会往里钻。"

阿基姆放下汤勺,无精打采地看着他,却突然怒目而视,张着空洞的鹰眼,怒气冲天地喊叫:

"哼,穷!你想富,按钟点计活?"

"那又怎么样?"米特罗凡也开始怒吼,鼻翼像非洲人那样呼扇呼扇,亮眼直瞪着对方,"一天干二十个钟头给十二个戈比,行吗?"

"啊,你想干一个钟头的活净挣一卢布?叫你财迷心窍不得好死!"

争吵开始得快,平息得也快。一分钟后米特罗凡一边喝着稀糊面,一边心平气和地向库兹玛说:

"他自个难道不是财迷心窍。他这死瞎子,为一个戈比能在祭坛上吊,你信不信?别人给他十五戈比,他就把老婆卖了。上帝有眼,我可不是说笑。在我们利佩茨克有个老头叫潘克福,以前也看守果园,现在已经告老回家了,那人专爱干那些……"

"这么说来,阿基姆,你也是利佩茨克人?"库兹玛问。

"是利佩茨克的斯图邓卡村人。"阿基姆回答,一副冷漠的模样似乎谈的那事与他无关。

"他和他兄弟曾共处过,"米特罗凡确信地说,"地和房子两人共有。不过人们觉得他傻乎乎的。老婆呢,不用说,不得不逃离他。为什么逃跑呢,就是因为刚才说的,潘克福跟他谈交易,潘克福出十五戈比,他让潘克福替他去储藏室过夜,他果真让潘克福去了。"

阿基姆不做声,只是时不时用木勺敲桌子,眼盯着灯火。他已经吃饱了,抹过嘴,坐在那儿想什么事。

"伙计,别耍嘴皮子,说一套,做一套,"最后他开口说,"我让他去了又怎么样？她又没少一根汗毛？"

阿基姆一边出神地听着，一边扬起眉毛呵呵笑，他那非洲黑脸上布满一条条呆滞的皱纹，表情既快乐又忧伤。

"最好用枪毙了他，"他说，声音分外刺耳，口音格外浓重，"叫他来个倒栽葱最好不过！"

"你指谁？"库兹玛问。

"我在说这夜莺哩……"

库兹玛咬牙切齿地说：

"你这家伙坏透了，真像只禽兽。"

"是来咬我的……"阿基姆回敬道。接着打了个嗝，站起身说：

"怎么的，咱们就这么干熬灯油？"

米特罗凡开始卷烟丝，面包师收拾各人的木勺，阿基姆则离开桌子，背朝油灯匆忙地画了三次十字，又朝窝棚的黑暗角落深深鞠了一躬，甩了甩又干又直的头发，然后抬起头来开始低语祈祷。他那巨大的身影投射到木箱上折成了两段。祈祷完又匆忙地、一遍遍地画着十字，弯腰鞠了一躬。库兹玛愤恨地瞅了他一眼。连阿基姆这样的人居然也祷告！若问他是否真信上帝，他那鹰眼珠子定会从眼眶里蹦出来！他会说："我又不是鞑靼人！"

库兹玛觉得出城来这儿已是一年前的事了，现在再也回不去了。头上的湿帽子成了负担，靴子里拖泥带水的双脚隐隐作痛。一天下来由于风吹，满脸火辣辣的。他从长椅上站起来，迎着潮湿的风，向门外的野地里，向荒芜的教堂院子走去。库兹玛刚起身离开长椅，从窝棚照向泥路的微弱灯光便被阿基姆吹灭，四周一下子被黑暗笼罩。蓝色的闪电显得更亮、更突然，亮彻整个天空和果园，直至果园深处，浴室边的枞树，但它突然熄灭，一切黑得伸手不见五指，黑得令人头脑发昏。沉闷的雷声又在远方响起。库兹玛站住了定神，辨明道路电线杆上昏暗的灯光，便沿着池岸簌簌作响的老菩提树和枫树慢慢地来回散步。雨点又重新洒向他的帽子，他的双手。忽然，漆黑的天空裂开了一道缝，风中的雨丝挥洒在荒地上，幽蓝的闪光照出一匹湿淋淋的细脖子马。他瞥了一眼荒地上惨白、铁绿的田野，马匹突然抬起了头，使库兹玛不禁毛骨悚然。他反身朝大门走，摸黑走进枞树林间的浴室时，雨已倾盆如注，就像小时候的那场大雨一样，大得使他想起《创世记》的洪水灭世。划亮火柴，见窗下有张大木板床，于是脱下外衣，卷起卷巴卷巴搁到床头，摸黑上了床，叹口大气，像老年人那样平躺下来，闭上疲惫的眼睛。上帝啊，这一趟跑得多荒唐，多艰辛啊！他怎么想到来这儿的呢？东家的宅里现在也一片漆黑，映在镜中的闪电一闪而灭……窝棚里的阿基姆此刻也在瓢泼大雨中睡熟了……据阿基姆说，浴室里常闹鬼。他真相信有鬼吗？但他振振有词说他已故的爷爷——总是爷爷，而且是已故的——进谷棚取麸皮，就见过鬼盘腿坐在里面，头发蓬松像狗一般……库兹玛抬起一条腿，把手腕放在额头上，唉声叹气地进入梦乡，睡熟了……

　　整整一夏天，他都在找活干。租园子的事看来太愚蠢了。回城后思考了一番现有处境，转而开始谋求管家或者办事员的职务来，最后，只要能有口面包吃，干什么都不在乎。但是奔走啦，运作啦，找人说情啦，全落了空。现在他已然完全绝望：连一点点希望都看不到。在城里他早被看作怪人，酗酒、游手好闲使他成了人们的笑柄，对他这样的活法感到惊奇，后来简直抱怀疑态度。本来嘛！哪有这么大岁数的市民无家可归，还是个单身汉，住客店，穷得只剩一个箱子和一把雨伞！库兹玛也开始对着镜子自己照照：瞧瞧自己究竟变成了什么模样？他夜里睡"通铺"，跻身于往来歇宿的旅客中间。上午天热，他在热浪中穿梭，到市场小酒馆转悠，打听哪有空缺。下午睡一觉，坐在床头读读书，眺望尘土飞扬的街道和热浪中的蓝天……这个饿得消瘦的，花白头发的小市民为什么卖命，为谁而活？他自认为信奉无政府主义，却又解释不清什么叫无政府主义。坐着读书，然后叹气,在房中转来转去,或者蹲下身来打开箱子,重新整理一遍破书、手稿,两三件褪色斜领衬衣,一件旧斜衣襟长衣,一件坎肩,一张揉皱的出生证……然后,然后又干啥事?

夏日白天相当漫长。城里本就燥热,加之客栈又在街角处,从早到晚备受烈日焦烤,晚上,热浪烤得人头昏脑涨。而窗外人声鼎沸,一丁点儿响声就叫你没法安生入睡。但是因为跳蚤咬,鸡打鸣,牲口粪臭气冲天,干草棚也没法睡。整个一夏天,库兹玛从来没打消去沃龙涅什街的念头。至少得上走火车道间的沃龙涅什街走一趟,瞧瞧那些熟悉的白杨树,市区后面那个淡蓝色小屋……不过,又何必呢?为此要花去十卢布到十五卢布,为省下这笔钱,晚上就不点蜡烛,白天不吃面包,何况这么大岁数还念念不忘旧时相好,真是丢人,至于克拉莎,还能算是他的女儿吗?几年前,曾见到她坐窗口织蕾丝,小脸蛋那么文静可爱。但,那也只是像她母亲……

入秋时,库兹玛已拿定主意,不去修道院当修士就干脆拿刀抹脖子。现在秋天已经来临,市场飘散着苹果、李子的香味,语法学校的学生多了起来。傍晚时分,走出客店院门,经过十字路口时,木器广场后面西沉的太阳闪耀得刺眼,左面直通远方市场的那条街也整个沐浴在残阳的余晖里,栅墙后一个个小花园覆着灰尘和蛛网。普罗佐夫身穿宽松斗篷,头上的软帽换成了孔雀翎帽子,正朝你走来。公园眼下空无一人,露天剧场关了,夏天卖马奶和柠檬的售货亭关了,木屋里的小卖部也关了。一天,库兹玛坐在露天剧场旁,心情那么沮丧,乃至真动了自杀的念头。夕阳西下,红霞满天,凉风阵阵,被夕阳染红飘落的树叶在绿树成荫的街道上飞舞,教堂钟声在召唤人们去做彻夜弥撒。在这平凡的、深沉的安息日,小县城的钟声使他万念俱灰。突然从露天剧场台后传来咳嗽和喘粗气的声音……"难道是莫继卡?"库兹玛想,果然是他,"鸭头"莫继卡从楼梯后走了出来,穿双当兵穿的棕红靴,一件粘满面粉的过膝学生制服——想必他刚逛过市场，戴顶被车轮碾过无数次的烂草帽。莫继卡合着眼，吐着唾沫，跟跟跄跄地走过他面前。库兹玛暂且止住了眼泪，主动向他招呼：

"莫继卡，过来聊会儿，抽支烟……"

莫继卡返回坐到椅子上哆哆嗦嗦地卷着烟，那副昏昏沉沉的模样大概没有弄清身边坐的是谁。是谁在向他抱怨生活中的不幸……

第二天，正是莫继卡给库兹玛送来了迪洪的字条。

九月底，库兹玛便迁往杜尔诺夫卡村了。

## 3

库兹玛的父亲伊利亚·米罗诺夫曾在杜尔诺夫卡村住过几年。那时库兹玛只是个孩子，在他的回忆中，只记得好大一片香气四溢的墨绿色大麻地掩盖的杜尔诺夫卡村和一个黑黑的夏夜。那夜乡间没有一丝灯光，伊利亚的小屋旁走过"九个姑娘，九个婆娘，第十个是寡妇"，黑暗中全穿着白衫，赤脚，不戴头巾，手拿扫帚、木棍、叉子。传出一片响声，有敲炉盖的，有敲平底锅的，有扯着嗓子合唱。寡妇拖着一把犁，她旁边走着一个手捧圣像的姑娘，其他人在敲敲打打。寡妇用低音领唱：

牛瘟，牛瘟，

别进村！

其余人拉着长调接着唱第二段：

咱们犁一趟，

随后用忧伤、刺耳的喉音连着唱：

捧着十字架和神香……

如今库兹玛对杜尔诺夫卡的田野景色已习以为常。库兹玛从福尔格尔出来时心情愉悦,吃饭时迪洪好心请他喝了果酒,便稍有醉意,这会儿正舒畅地看着四周耕过的大片深棕色干麦田。夏天的太阳光,清新的空气,蔚蓝的晴空,一切都预示他今后将过长期的安定生活。从地里翻耕出来的灰头蒿草如此之多,以致要用货车装运。庄园附近的耕地上有匹马毛中夹了许多草屑,旁边有好大一车的蒿草,雅科夫躺在车下,穿一条布满灰尘的短裤子和一件又长又大的麻布衬衫,手揪住他身边的灰毛老公狗的耳朵。老公狗发威地斜眼盯住库兹玛吠叫。

"他咬人吗?"库兹玛大声问。

"凶得很哩!"雅科夫翘着山羊胡子立刻应道,"它都敢扑到马脸上……"

库兹玛乐得笑了。庄稼汉就是庄稼汉,草原就是草原!

路过一道长坡往前伸展,地平面越来越窄,尽头处已见谷棚新绿的铁皮屋顶,而谷棚本身被郁郁葱葱的野果园所遮没。果园对面的另一山坡上是一长串泥墙草顶农舍。右面,耕地后面,横亘着一条巨大的山沟,尽头与另一条把庄园和村子分割开的山沟连在一起。山沟与山沟连接处有架敞开的风车和几家小地主的房舍伫立在小岗上——奥斯卡称这几家人为"岗上的"——,再就是牧场上一所白色墙壁的小学。

"怎么,孩子们都上学读书?"库兹玛问。

"当然啦,"奥斯卡答,"他们那个学生可厉害呢。"

"什么学生,你是指先生吧?"

"先生、学生反正一码事。我说,他可把孩子调教出来啦。当兵的脾气大,见孩有差错,毫不留情就上去揍揍。不过倒是把一切都安排得有规有矩。有次我跟迪洪·伊里奇顺着道路过,那帮孩子齐刷刷地站起来扯着嗓子齐喊:长官好!——像这样当兵的先生哪里找!"

库兹玛又笑了。

穿过打谷场,车子沿着泥泞的路面驶过樱桃果园,来到一个长方形的院落。晒干了的院场阳光闪耀。库兹玛的心怦怦直跳：终于到家了。他跨进台阶上的门槛，朝过道暗处的圣像深深鞠了一躬……

宅子对面有几座背朝杜尔诺夫卡村的谷仓。从宅前门廊上望去，左边是杜尔诺夫卡，右面可以见到一小部分山岗和岗上的风磨和学校。宅内的房间都小小的、空空荡荡的。书房里摊着黑麦。大小客厅里只有几把椅子，而且坐垫都是破损的。好在小客厅的几扇窗户都朝果园，整个秋天库兹玛都在这小客厅过夜，开着窗。地板从未擦洗过。起初在这当厨娘的是小地主家的寡妇，从前是杜尔诺夫少爷的情妇，她必须回家照料孩子，给家里人做吃的，也给库兹玛和长工们做午饭。库兹玛早晨自己生茶饮，然后坐在大客厅窗前喝掺苹果汁的茶。山沟那边村子里的炊烟在霞光下袅袅升起，果园散发着清香。太阳当空的时候，园子里便热了起来。果园中的枫树和菩提树也日益凋零，色彩缤纷的叶子悄悄地从枝头悄悄飘落。白天鸽子停在厨房的屋顶上晒太阳、睡觉。新铺麦秸的屋面在蓝天下显得黄灿灿的。晚饭后帮工们休息，寡妇也回家了。这是库兹玛独自外出散步。太阳，坚硬的路，枯萎的草，变成棕色的菜，菊苣开着蓝色的小花，悄悄随风飞舞的小飞絮，这一切都让他喜欢。犁过的田地上挂着一张张银白色的蜘蛛网，在阳光下闪烁，像一匹绵亘的白练。菜园里，金丝雀在干枯了的牛蒡草上栖息。打谷场上太阳晒热的草丛里"纺织娘"在寂寞中奏鸣……库兹玛从打谷场穿过堤坝，顺着一排枞树经过果园返回家中。在果园里，他和租园的两个城里人聊了一会儿天，和在地上捡荨麻籽的新媳妇及科扎说了些闲话，还随她们钻进荨麻丛捡熟透了的果实。有时他走进村或者学校……

当过兵的教师生性愚笨，服了一段时间的役，变得更冥顽不灵。从模样看，是个平常汉子，但说起话来却很不正常。他说的那些胡言乱语让人摸不着头脑，而说话的时候老是莫名其妙地带着狡黠的微笑，眯着眼，傲慢地盯着对方，从不急着回答问题。

"请问您尊姓大名啊？"库兹玛第一次顺路拐进学校时问他。

当兵的眯起眼想了想。

"没有姓名，便分不出你我，"他不慌不忙地答道，"不过，我倒也想向你请教：亚当是不是名字？"

"是名字。"

"好，那从亚当之日起，比方说，死了多少人？"

"不知道，"库兹玛回道，"你问这个干吗？"

"因为咱们从来不明白其中的奥妙。比方说我当过兵，也当过兽医。前不久在集市上见一匹马得了鼻疽病，我马上报告警察局长：就像这样。他问：你能用这支笔把马杀死吗？我说没问题。"

"什么笔？"库兹玛问。

"鹅毛笔。我将它削尖，插进马脊梁，朝笔杆稍稍吹了口气——成啦。事情看着容易，做起来难啊！"

接着，当兵的狡黠地眨眨眼，伸出一只手指敲了敲脑袋：

"我这脑袋还真好使呢！"

库兹玛耸耸肩不知道说什么好。后来，回家经过地主寡妇门前，从她儿子先卡那儿打听到当兵的名字，他叫帕尔曼。

"今天留了啥作业？"库兹玛好奇地问，瞧着先卡的火红乱发，机灵的绿眼珠，长着麻子的脸蛋，瘦弱的身体和脏手脏脚。

"做习题，背诗。"先卡说。他右手抓脚往后弯，在原地做单脚跳。

"什么习题？"

"数大雁。有群大雁飞过……"

"哦，这我知道，"库兹玛说，"还有呢？"

"还有耗子……"

"耗子也要算吗？"

"是的。每只耗子搬六文小钱，"先卡望着库兹玛的银表链飞快地嘟囔，

"其中一只多搬两文……问一共搬多少……"

"好极了。背什么诗?"

先卡放下脚说:

"要背的那首诗的题目叫'他是谁?'"

"背熟了没有?"

"背熟了……"

"背给我听听。"

先卡背得更快,背得滚瓜烂熟:一个骑士经过涅瓦河岸上的森林,那里只有枞树,青松和灰气的苔藓……

"灰白的,"库兹玛更正他,"不是灰气的。"

"好吧,灰白的。"先卡同意了。

"那骑士是谁呢?"

先卡想了想。

"是巫师吧。"他说。

"嗯。去跟你妈妈说,怎么得给你剪剪头发,就剪个短鬃角也行。若老师揪你,你岂不遭殃了。"

"他会抓我耳朵的。"先卡不以为然,说完又曲着腿,蹦蹦跳跳上牧场去了。

岗上和杜尔诺夫卡这两个村子跟所有村子一样,总是不共戴天,相互蔑视。岗上的称杜尔诺夫卡人为强盗、乞丐,后者也用同样的话回敬。杜尔诺夫卡人是"东家的一脉",岗上住的是"自由人"——小地主,唯有这寡妇不参与敌意和世仇。她身材瘦小,穿着干净整洁,待人和气公平,又善于观察。对岗上和杜尔诺夫卡村每户的事了如指掌,总是第一个把村里哪怕是鸡毛蒜皮的小事传进庄园。她本人的事也从不藏着掖着,讲起她丈夫和杜尔诺夫卡少爷来就像谈家常。

"有什么法子呢,"她轻轻叹着气说,"穷得没法,春天新粮下来也吃不饱。说实在话,我男人挺爱我的,可不得不屈从啊!少爷为了要我同意,愿送三车黑麦。我问我男人:咋办?他说:'当然去了'。他去拉麦子,麦子一点点拉,眼泪簌簌往下掉……"

她白天不停地忙活,晚上缝啊、补啊,还去铁路上偷护路板。有一回,天色已晚,库兹玛驾车去看望迪洪·伊里奇,刚登上长山坡,一下子吓呆了:从昏暗的耕地冒出个黑色巨大怪物,在落日的余晖里向着库兹玛缓缓地飘了过来。

"谁?"他勒住马缰,颤抖着声音发问。

"哦!"那飘飘忽忽向他移来的怪物虚弱地喊叫着,也惊恐万分。库兹玛定了定神,分辨出那原来是岗上寡妇,是她光着双脚,猫腰背负两块两米多长的,用于路轨挡雪的护板,向他这个方向跑来。她缓过气后哧哧笑着悄声说:

"你快吓死我了。这么晚还得往外跑,去找柴火,咋不胆战心惊!但有什么法子呢?全村人都拿它来生炉子,保命……"

与之相反,打短工的科舍利既枯燥又乏味,跟他没什么话好说,他也不怎么爱说话。他如同大多数杜尔诺夫卡村的人一样只会说些简单的陈词滥调,说别人早就知道的事。天气起了变化,他就仰望着天说:

"变天啦!这会儿青苗正需要雨水哩。"

翻耕第二遍休闲地的时候他就说道:

"不耕两遍,吃不上面。老一辈人都这么说。"

他当过兵,曾在高加索服役,但军旅生活并没有在他身上留下任何印记。关于高加索,啥也道不出,只知道那山外有山,地下能冒出滚烫的水,奇怪得很。"把羊肉投进去,没一会儿就煮熟了,如果不立刻取出来,又变成了生的……"他并不因自己见过大世面而扬扬得意,甚至瞧不起见过大世面的人,毕竟:那都是身不由己为生计所迫的"流亡"者。他不信传言："那是瞎扯！"然而他诅咒发誓说，前不久，天刚黑，有一个车轱辘在巴索夫村前滚过，那是巫婆变的。有个傻乎乎的庄户汉子一把抓住轱辘，用腰带把它捆了起来。

"后来呢？"库兹玛问。

"后来吗？"科舍利答，"后来鸡鸣日出，巫婆醒来一看，那根腰带从他嘴巴直穿到屁眼，还在她肚脐那儿打了个结……"

"她咋不解开它？"

"准是结上画过十字。"

"信这样的鬼话你都不害臊？"

"有什么好害臊的？瞎说呗。"

不过库兹玛喜欢听他唱歌。黑暗中，坐在打开的窗前，四周没有一盏灯光，山沟对面的村子里黑漆漆的，静得连苹果从墙外树上掉下来的声音也能听到，此时科舍利敲着梆子在园中慢悠悠地走着，一边用假嗓子唱道："金丝雀啊，停下你的歌喉吧……"歌词中带着淡淡的忧伤。他夜里在庄园巡逻，白天睡大觉没啥事可做。这一年，迪洪·伊里奇把杜尔诺夫卡的事草草做了个了结。所有牲口统统出清，只剩下一匹马，一头母牛。

天气开始转凉。蓝天变成灰蒙蒙的。四处静悄悄的。红额金翅雀和小山雀在落叶满园的花园里鸣叫。交嘴雀在树林中叽叽喳喳。出现了连雀、灰雀和其他小鸟雀，它们成群地在打谷场上悠闲地起飞，落下，落下，起飞，啄食麦粒上长出的嫩嫩的小绿芽。有时，一只轻盈的小雀，单独停落在一株草茎上……杜尔诺夫卡村后的土豆刨完了。天黑得越来越早。庄园里的人说："现在火车从咱这儿经过比以前晚了好多。"其实火车运行时刻并没有改变……库兹玛天天坐在窗前读报纸，在一本空账簿上，写着今年春天他在卡扎科沃旅行时跟阿基姆的谈话，以及村中所见所闻……给他印象最深的要数谢雷。

谢雷是村中最穷的、最不中用的庄稼汉。他把地租出去，却又不外出谋生，总坐家中忍冻挨饿，单单想着如何弄到钱买烟抽。每逢聚会，他都要参加。办红白喜事啦，给人家起名字啦，他从不错过一次。为买进卖出或交换一类事儿设的酒席当然也少不了他，甭管这酒席是村里请的，还是邻居请的。谢雷的模样和他的外号"灰溜溜"一点儿不差：灰头土脸，瘦不拉叽，中等个儿头，溜着个肩，短皮袄又破又脏，靴子破了口用皮线缝缝，将就着穿，帽子就更不用说了。家中闲坐的时候从不摘下他那顶破帽，烟斗也从不离嘴。那模样，像是等待天降大任。不过，照他话说，他的运气遭透了，从没有机会干一番大事。而小事——"鸡毛蒜皮的玩意，不干！"难怪受人指责……

"舌头没有骨头，说话轻巧，"谢雷道，"你先拿活给我干，然后再要你的嘴皮子。"

他的地不算少，有三俄亩，但他要交十个人的人头税，因此也就没心思耕种了。他说："地租出去，也是万不得已的。按理说地是咱命根子，该好好收拾。可我怎么好好种？"谢雷没等麦子成熟就把青苗卖掉了，按雅科夫的说法，"好货卖了个赖价钱"。不过他却振振有词："能等到麦子熟吗？"雅科夫眼往别处打量，笑着说："可不是嘛，最好等一等……"谢雷报以同样的笑，凄凉却傲慢："最好！你当然说起话来轻巧：你的闺女嫁了人，你的小子娶了媳。可我呢？你瞧瞧，在屋角里坐着哩，那群孩子……要知道，这都是我亲骨肉。为他们我喂了只羊，喂了一口乳猪……可牲畜也要吃食。"

"这事怪不得猪和羊，"雅科夫反驳道，"要怪就得怪自己，老惦记着酒啊，烟啊……酒啊、烟啊……"

雅科夫为不伤邻里和气，赶紧开溜。谢雷不紧不慢冲他背后说的倒是大实话：

"老兄，酒鬼睡一觉就清醒了，傻子可是糊涂一辈子。"

谢雷和兄弟分家以后辗转城乡，长期打短工。有一次交上了好运。有人来找一大批工人打三叶草,打一普特给八十戈比。谢雷去了,打了两普特多。等到打完,谢雷又去承包小麦,给小麦脱粒。他把草籽掺进麦粒,当做坯子收购下来,居然发了笔财,当年秋天就动手盖砖房。但他没有算好。烧饭需要有柴火,那柴火哪里来?而且还没有下锅的粮。不得不把盖顶的草拿来烧火。那砖房一年没有房顶,墙面都熏黑了。又把烟筒拿去换来马轭。当然暂时没有马。但是家业总得一点一点创出来呀!后来谢雷决定,干脆把砖房卖出去,另买新的或是少花些钱另盖泥坯房。他这样计算:从砖房至少也能拆下一万块砖,每一千块卖五卢布或六卢布,至少五十卢布就能到手……实际上只有三千五百块砖。一根大梁原打算卖上五卢布,实际上也只不过卖到两个半……整整一年他都在筹划盖个力不从心的新房,到头来只剩下一个美好愿景,梦想着有一天新房拔地而起,宽敞、坚实、暖和。

"老实说,眼下的房子只是我暂时住的。"他断然对怀疑论者说。

雅科夫仔细瞧了瞧他,摇头道:"这么说,你就等着时来运转?"

"总会有那么一天的。"谢雷神秘地回答。

"啊,别犯傻啦,"雅科夫劝他,"不如好赖找个雇工活儿,坚持干下去……"

找个富足人家,遇上个识人的好东家,干份像样的工作——这种想法使得谢雷哪儿也待不长。

"干活可不是吃蜜。"邻居们说。

"若他遇上有能耐的东家,干活也像吃蜜一样心情舒畅!"

谢雷顿时兴起,从嘴巴上拿下烟斗,讲起了他最爱讲的历史。想当年,他还是单身汉的时候,在叶利茨附近的一位神父家中勤勤恳恳地干活干了两年。

"即使我现在去,也是抢手货,他们也争着雇我呢!"他自吹自擂道,"我只要说一声:亲爱的神父,我给你干活来了。"

"那你去呗……"

"去？有这么一大群孩子！有道是'见人落难只说句轻巧的安慰话，落到自个头上就犯难'。我不是平白无故在家中闲坐着……"

这一年谢雷又白白地过了，一事无成。一冬天都待在家中，生不起火，挨饿受冻干发愁。大斋期间，他不知道通过什么法子在图拉附近的鲁萨诺夫农庄找到一份差事——因为本地没有一家愿意雇用他。但不到一月，鲁萨诺夫农庄令他兴趣索然。

"唉，伙计，"有一次农庄的管家对他说，"我算把你这小兔崽子看透了！心里老打这个小算盘：怎么早早领了工资开溜。"

"确实有那么个二流子心里打着小算盘，但不是我。"谢雷顶嘴道。

管家没有听明白他话中有话，见他顶撞，便来硬的，让谢雷天黑前给牲口送麸子。可谢雷来到打谷场，往大车上装麦秆。管家走来问：

"我向你说的是俄国话不是？送麸子！"

"现在不是送麸子的时候！"谢雷强硬地说。

"为什么？"

"懂行的当家人都是晌午送麸子，而不是夜里。"

"你想教训我？"

"我不喜欢折磨牲口，我就这么说了。"

"所以你想起来送麦秆？"

"得知道什么时候该干点儿啥。"

"快给我放下！"

谢雷"唰"地白了脸。

"不，该干的活我绝不落下不干。"

"把叉子放下，狗崽子，趁没挨揍快滚！"

"我不是狗崽，是受过洗的人。装完这车就走，一去不回头。"

"未必，走不到两天，又要钻进我们乡里来。"

谢雷跳下大车,把叉子往麦秆上一搁:

"我钻?"

"你!"

"好小子,你就不钻?我知道你底细,东家也不见得夸你!……"

管家的胖脸蛋子变成酱紫色,眼珠暴露出来。

"啊,想咬我一口?不会夸我?你说为啥!"

"我没啥好说的,"谢雷吞吞吐吐不敢直说,吓得脚跟灌了铅似的。

"不,小子,别嘟囔,打开天窗说亮话!"

"白面哪儿去了?"谢雷禁不住激将法。

"白面?什么样的白面?你说!"

"头等面粉,从磨坊运出来的……"

管家死死揪住谢雷胸口的衣领,一时双方僵立不动。

"你干吗揪我领子?"谢雷起初还是平心静气地问,"想把我掐死?"

随后又气愤地叫嚷:

"你打,你打啊,我还没死呢!"

他挣开对方的手,捡起木叉。

管家一见大喊:"来人哪!"虽然周围一个人也没有,"快叫村长!你们听着:他想杀人哩,那狗崽子。"

"你别靠近我,否则我打断你的鼻子,"谢雷平端着叉子,"眼下不比从前!"

这时管家一拳挥去,谢雷一头栽倒在麦秆堆里……

一年夏天谢雷待在家中等待杜马赐恩。到了秋天,他串门访友一心想跟来雇刈草工的人搭上关系……有一次村头新垛的草堆着了火,谢雷第一个赶到火场,指挥拉水车的人和举着木叉奔向大货堆的人,把嗓子都喊哑了,眉毛都烧着了,浑身湿得像落汤鸡一样,好些人从四面八方冲上去,扒掉大火燃烧着的草垛顶,另一些人则在哭喊的女人以及火光、泼洒的水、爆裂声和人声中，在乱堆于房屋的圣像、木桶、纺车、马衣和从焦枝上纷纷落下的树叶中瞎奔跑、瞎忙乎……十月，下过几场暴雨后寒流接踵而至，池塘结了冰。有回一头猪在冰冻的岗上脚一打滑掉进池塘，眼看着往冰下沉去。谢雷第一个飞奔过去跳水抢救……猪淹死了，但谢雷为此可以去庄园的下房里要酒、要烟、要下酒菜。当初，他在换科舍廖夫的干衣服时，全身发紫，上牙咬不住下牙，苍白的嘴皮子没法动弹，过后好久才缓过气来，他喝到半醉，开始自吹自擂起来，说他在神父家干活如何如何勤快，去年如何如何卖弄机关嫁了闺女。他坐在桌旁一边大嚼生火腿肠，一边扬扬得意地讲着嫁女经过。

"好哇，她好上啦。我是说我的马特廖什卡和叶戈尔卡好上了……行，好上就好上。有一天我坐在窗前，见叶戈尔卡从屋里来来回回地走，一次，两次……我那闺女呢，不住地往外眺望……我就寻思：这是他们在打主意。我当即告诉老婆说，我有个聚会，去去就来，你且在家里给牲口喂料。随后我坐到屋后的麦柴堆里等候。纷纷扬扬地下起了第一场雪。我见叶戈尔卡蹑手蹑脚地来了……她也溜出了屋门。他俩走到地窖后面，搂着钻进了一间新盖的房屋。我等了一会儿……"

"是有这么回事儿！"库兹玛皱眉一笑。

谢雷以为是在夸他，夸他聪明机灵，于是绘声绘色地继续说道：

"别急，你听着，还有下文哩。我等了一会儿，顺着他俩的脚印寻去……跨过门槛，从她身上一把将那小子提溜起来。"小两口吓得魂不附体，那小子像蒲包般从她身上滚落地下。她呢，像鸭子一样躺着发愣……'你就揍我吧！'这是叶戈尔卡说的。我说：'我用不着揍你……'我把他外衣内衣全都捡起来，只让他穿一条小裤头，他像刚从娘胎出来似的，全身赤裸裸。我说：'好啦，现在你高兴上哪儿就上哪儿……'我掉头往家走。一看，他随后跟着，他跟雪地一样白，一路走，一路抹鼻子……他能去哪儿呢？走投无路！而我那女儿玛特廖什卡，我前脚走出那屋，她后脚就往野地里跑,邻院大婶一直追到巴索夫村附近才把她拖回了家。我先让她缓缓气,随后说:'咱们是穷人?'她不做声。'你脑袋瓜糊涂不糊涂?'她还是不做声。'你就打算丢咱家的脸,搞出一堆私生子,叫我干瞪眼?'我捡起皮鞭就揍——手边刚好有根皮鞭……简单说吧,揍得她直不起腰!而那小子坐在板凳上哭。接着我也把他收拾了一顿……"

"于是他娶了你的闺女?"库兹玛问。

"可不是吗!"谢雷应道。他觉得酒已经喝得差不多了,便把碟子里的火腿碎片收好,揣进裤子口袋,"那场喜事办得也真热闹!老兄,我不在乎花钱……"

"夸这么件事!"库兹玛自从那晚听谢雷的讲述后想了很久。天气变坏了。不想动笔。越来越觉得烦闷,只是有时有人上门的时候心情好一些。巴索夫村的戈洛洛贝,秃顶压一顶大帽子,来过几次,求库兹玛代写状子,告他的亲家打断了他的锁骨。岗上另一个寡妇布特洛奇卡也曾前来求他写信给她儿子。她一身破烂,被雨淋湿的衣服上还结了冰。她流着泪,请库兹玛一字一句地写:

谢丽普霍夫市,贵族澡堂附近,热尔图新公馆……

说到这儿她哭了。

"嗯,"库兹玛皱着眉头,像老年人那样从镜片上方瞧定布特洛奇卡,"都写上了。往下呢?"

"往下吗?"布特洛奇卡小声问。她强吞下泪水继续说,"往下,好人,请写得清楚些……交米哈尔·纳扎雷奇·赫罗索夫亲收……"

接着时断时续地说:

"寄给亲爱的宝贝米哈尔。你怎么把我忘了,音讯全无呢……你也知道,咱们住的房是租的。现在要撵我们出去,可我们去哪儿呢?……亲爱的儿子米哈尔,看着上帝的分儿上,赶快回来一趟吧……"

说着说着淌下了泪水。

"咱们即使挖个地窖，也算有个安身立命的地方……"

凄风苦雨，天色像黄昏那样阴暗，泥泞的庄园里铺满槐树飘零的黄叶，杜尔诺夫卡四周净是翻耕地和冬麦地，乌云没完没了地在头顶飘过，不由得使库兹玛憎恨，可这令人诅咒的地方，一年倒有八个月的风雪，四个月的淫雨，解手都得上牲畜院子或者樱桃林去。在这样的坏天气，只好封闭小客厅的门窗，搬进大客厅过冬，在这儿睡觉、用餐、抽烟，伴随着昏黄的孤灯度过这漫漫黄昏，来回踱步，戴上帽子，穿上呢子外衣，以抵御墙缝里吹来的冷气。有时忘了准备煤油，库兹玛只得在暗地里坐着，只在吃晚饭时才点会儿蜡烛，晚饭只有土豆汤和小米粥。这些汤啊粥啊都由新媳妇绷着脸默默端来。

"上哪儿溜达溜达呢？"有时他想。

附近只有三家庄园主。一个是老公爵小姐莎霍娃，她连贵族长也不接待，嫌那人没教养；另一个是退役宪兵军官扎克尔日夫斯基，患有痔疮，脾气暴虐，恐怕连他的门槛也不容跨；最后是小地主贵族巴索夫，住农家小舍，娶一个普通村妇为妻，开口不离马轭和牲口。就说科洛杰兹村的神父彼得，因杜尔诺夫卡属他教区，有一次来看望过库兹玛，但无论库兹玛或者神父都没有进一步结交的愿望。库兹玛请他喝了杯茶，那也是神父见到桌上的茶饮，不自然地笑起来："茶饮，好极了！我看你不是个热情好客的主人！"那笑声跟他的人根本不配，倒像是另外一个人替他这个瘦宽肩、贼眉鼠眼的人在笑。

库兹玛并不常去看望弟弟，而弟弟来看他，也只是在心情不好的时候，上他这儿解闷来的。库兹玛形单影只，甚至把自己比作鬼岛上的德雷福思。他又把自己与谢雷相比。是呀，他也和谢雷一样穷，一样没意志，一辈子都在盼有个称心如意的工作。

头场雪后，谢雷也消失了踪影。过了一星期，他愁眉苦脸地回家来了。

"你又上家去了？"邻居们问他。

"去了。"

"去干吗?"

"还不是去当雇工。"

"哦,你不愿意?"

"我才不犯傻呢!我一辈子不会像他们说的那样傻。"

于是谢雷又不摘帽子,坐在板凳上不起来了。黄昏十分,暮霭薄薄,看到他那间小屋的时候心里顿觉难受。薄暮中,铺满白雪的山沟对面,杜尔诺夫卡村和他后面那些谷棚、小柳丛都是黑漆漆的,显得乏味,但天黑以后亮起了点点灯火,又觉得那些个农舍是安静舒适的了。只有令人不快的谢雷家小屋黑洞洞的,显得那么死气沉沉。库兹玛知道,一走进他家半开着的黑暗的过道门,就会觉得自己像是进了兽穴。里面弥漫着雪花的气息,从屋顶窟窿眼里看得见灰蒙蒙的天空,风把乱扔在屋梁上的干粪和枯枝吹得沙沙作响,然而可以摸到一堵倾斜的壁墙,推开第二道门,迎接你的仍是寒冷和黑暗,上冻的小窗在暗中闪着微弱的光……屋里一个人也看不见,但你猜得到这家的主人就坐在凳子上,因为他那烟斗在一亮一亮。女主人是个沉默寡言、有点儿呆头呆脑的婆娘,正在晃着吱扭吱扭的摇篮,躺在摇篮里面的是个脸色苍白、饿得昏昏欲睡的佝偻病孩子。大点儿的都挤在只有一点儿热气的炉台上说悄悄话儿。一只小公羊和一只小猪崽在床底下烂草堆里窸窸窣窣地闹着玩。在这屋里,你不敢直起腰来,生怕脑袋会撞到天花板上,你也不敢转身,因为从门槛到对墙总共只有五步距离。

"谁呀?"黑暗中响起不大的声音。

"我。"

"莫非是库兹玛·伊里奇?"

谢雷挪了挪身子,在凳子上腾出个位置来,库兹玛坐下点燃烟,于是两人有一搭没一搭地交谈起来。谢雷在黑地里变得坦然了,不再遮掩他的惆怅,有时说话的声音都在颤抖……

白雪皑皑的漫长冬天来临了。

灰蓝色的天空下,白茫茫的原野显得更加广袤、荒凉。农舍、干草棚、柳丛、谷棚在如粉似的初雪衬托下显得格外醒目。然后暴风雪接踵而至,降下那么多的雪,村庄一派北国的萧条景象,农舍只剩下门和窗是黑的,其余一片白:由于上面压着大白帽子,墙基边积雪齐檐,已难以望见屋外。暴风雪后,田野结起一层灰白色硬块,刮起了凛冽的寒风。山沟孤苦无依的橡树林上最后几片褐色的残叶也被扯了下来。一辈子酷爱打猎的独院小地主达拉斯·米利亚耶夫又隐没在遍布野兔足迹,难以跋涉的雪海中。那些运水车成了一个个冰冻的大疙瘩。冰窟窿四周结成一圈滑溜溜的小山丘。雪堆上已被爬犁开出了路来——冬日的日常生活就这样开始了。农村里开始出现各种流行病:天花、热病、猩红热……冰窟窿——杜尔诺夫卡全村人都喝它下面暗红色的臭水——周围成天有一大堆村妇,围着厚厚的头巾,脚上穿着湿透了的树皮鞋,弯下身子,撩起裙子,露出冻紫的膝盖,从装炉灰的铁桶里掏出女人的灰麻布衬衣、男人的粗布裤子、孩子的脏尿布,放进冰水里漂,然后用棒槌捶,彼此大声地呼唤,交谈着什么手冻僵啦,马秋新家的婆娘生热病快死了,雅科夫的儿媳妇嗓门出不来气啦……下午三点钟左右天就黑下来,毛茸茸的狗蹲在几乎和雪堆一样平的房顶上,谁也不清楚这些狗吃什么,可它们活着,而且凶得很。

庄园里的人醒得早。天刚透亮,村里的农舍刚亮起灯光,这儿也开始生炉子了,从屋檐下腾起袅袅白烟。此时厢房跟前屋一样还是冷冷的,上冻的窗子未见晨曦,库兹玛就被敲门声和窸窣声惊醒了。窸窣声来自科舍利,他正从爬犁上搬下落满雪花的麦秆,并在小声说话,那是醒得早而又空着肚子挨冻的人的嗓音。新媳妇一边跟科舍利一本正经地说话,一边架起铁烟筒给茶饮生火。她现在不住下房,因为下房的蟑螂能把人的手脚咬出血来,而是睡在厢房的外室。村里人都认为其中另有原因,大家都知道她秋天的那番遭遇。本来就沉默寡言的新媳妇现在甚至比修女更来得神情肃穆而忧伤。不过,那种流言有什么根据?库兹玛已从岗上寡妇口里得知村中流言,醒来后,每每想起这些流言飞语就觉得恼怒和厌恶。他用拳头敲敲墙壁,让她知道他在等着茶饮,然后一边咳嗽,一边点上支烟。烟能使心头平静,使胸中舒坦,他围在暖热的厚皮大衣里,坐在床上边抽烟边想:"那些人说话真不知廉耻!要知道,我女儿也有她这么大年纪了……"年轻女人在他隔壁房里过夜,这不过使他添了份父亲对女儿的爱怜之情,可不?她白天神情那么严肃,那么少言寡语,睡着的时候却像个孩子,惆怅而孤独!可村里人能信他这种父亲式的恋爱吗?连迪洪·伊里奇也未必相信。有时他笑得十分怪异。他本来就是个多疑的人,而且总以粗鲁的方式来表达他的疑心。如今他更加荒唐,无论你跟他说什么,他总是回答一样的话。

"迪洪·伊里奇,你听说了吗?扎克尔日夫斯基患黏膜炎快要死了,已被送去奥廖尔。"

"净胡扯,什么黏膜炎不黏膜炎的!"

"是医生对我说的。"

"你爱听就听他说去……"

你要是跟他说:"我打算订份报纸,给我十卢布吧,从我薪水里扣。"

他会说:"哼,就爱拿那些胡扯的事往头脑里塞。再说,眼下我口袋里剩下的至多只有十五戈比,要不就是二十戈比……"

新媳妇走进来,垂着眼帘说:

"迪洪·伊里奇,我们这儿的面粉只剩下不多一点儿……"

"怎么会只剩下一点儿?啊,婆娘专爱说瞎话!"

接着竖起眉毛,两只眼珠迅速地从新媳妇和库兹玛身上转来转去,硬是要证明面粉至少还够吃两三天的。有一次甚至冷冷一笑,问:

"你们睡得怎样,还算暖和吧?"

新媳妇霎时脸涨成通红,她低头走了出去。而库兹玛又羞又恼,连手指也发凉。

"迪洪·伊里奇,你真不害臊,哥哥。"他转过身去脸朝窗户,"尤其你自己给我讲过那件事情后……"

"那她为啥脸红?"迪洪·伊里奇厚颜无耻地笑问。

早晨最不愉快的是洗脸。外室里,抱进的麦秆发散着冷气,洗脸水漂着碎玻璃似的冰凌。库兹玛有时只洗一下手就去喝茶。睡皱了的脸使他像个糟老头。由于不干净,由于受冷,他瘦了许多,一秋天下来头发变白了,手上的皮肤像层透亮的薄纸,印着一个个紫斑。

早晨是灰蒙蒙的,披了硬壳似的积雪的村子也是灰蒙蒙的。板棚横梁上晾的衣服像一块块冻硬的灰树皮。农舍旁泼的泔水炉灰也都冻上了,一群穿破烂衣服和树皮鞋的小男孩沿着农舍和干草棚之间的道路上学,翻越一个个雪堆,背着麻布书包,带上石板和一点面包。迎着他们一瘸一拐地走来的是年老的丘贡诺克,他挑着两只木桶,穿一双用猪皮包着的靴子,一件破呢外衣,身子病恹恹的,脸黑黑的。不知哪家的运水车用麦秆围住桶子,在布满冰疙瘩的路上走过,一路摇晃,一路泼洒着水,村妇们来来往往,这个借点儿盐,那个借点儿小米,或是借一簸箕面粉去烙饼或是熬油面粥。打谷场上空空荡荡,只有雅科夫家的谷棚在冒热气:他学富裕农民的样儿,冬天脱粒。过了谷棚以及农舍后院,在围绕村子的那圈光秃秃的柳树丛之外,低矮暗淡的天空下绵延着满是起伏不平冰凌的灰色雪野。

有时库兹玛去下房与科舍利一块用餐,吃烫嘴的土豆或隔夜的残羹。

他想起他生活了大半辈子的县城,可他觉得奇怪,居然并不想回去,对迪洪而言,城市是他长久以来的向往之地,他满心憎恶并瞧不起农村,但库兹玛虽恨农村,却恨不起来。不错,照镜子时他感到惊骇:在杜尔诺夫卡,他简直成了野人!不洗脸,整天不脱他那厚呢大衣,与科舍利从同一个锅碗里舀汤喝。但就在他顾影自怜,看到自己不是一天比一天,而是一小时比一小时衰老的时候,他也感到这乡下生活是他所喜欢的,他仿佛回到了他一出世就为他铺好的生活常轨,在他体内并非平白无故流动着杜尔诺夫卡人的血液!

早饭后,他或去庄园里漫步,或去村里溜达。到过雅科夫的打谷场,进过谢雷和科舍利的家门。科舍利的老母亲一个人过,是个出了名的巫婆,个儿高高的,瘦得吓人,像死神那样龇牙咧嘴,说话粗野干脆,如同男人般叼着个烟斗,她刚一生好炉子,就坐在炉板床上抽烟,晃悠着她那条穿着很沉的黑树皮鞋的细长腿。大斋期间,库兹玛总要出差一两次——上邮局和哥哥家去。出门是件苦事,库兹玛每次都冻得浑身上下失去知觉。羊皮袄已穿了多年,毛都掉光了,而田野的风又那么凛冽。不过走出杜尔诺夫卡的蜗居,呼吸到寒冬清新至极的空气怎不神清气爽。日复一日守着个斗大的村子,骤然见到灰茫茫的广袤的雪野,怎不觉得心惊动魄。远方呈现出冬日方有的湛蓝的色彩,使人觉得那边无边无际,这派美景,如在画中。马打着响鼻生气勃勃地迎着凛冽的寒风疾驰,马蹄敲碎的路面的冰块飞进雪橇,科舍利冻得两颊发紫,呼哧呼哧地喘着气,雪橇下坡时,他跳下座子,又从侧面跳上去。寒风刺骨,双脚掼在混杂着雪花的麦秆中,又疼又麻,前额和颧骨也隐隐作痛……尤利亚诺夫卡矮小的邮政局,如一切穷乡僻壤的公家机关那样死气沉沉,有股霉烂味和火漆味。一个衣衫褴褛的邮差在盖邮戳,阴沉着脸的萨哈洛夫冲着几个庄稼汉嚷嚷,因为库兹玛没想到给他送上五只鸡或一普特面粉,而大为恼火。来到迪洪·伊里奇的屋子附近,闻得机车喷出的煤烟味儿,使库兹玛心情激动,想起了这个世界还有城市、人群、报纸、新闻。跟哥哥聊天,烤烤火原本是件愉快的事,但聊不成,不断有人上他铺子里买东西,他自己也三句话不离本行,只谈他的买卖,认为除此之外一切东西都是扯淡,他咒骂庄稼人刁蛮可恶,得赶快把庄园脱手。纳斯塔斯雅·彼得洛瓦娜可怜巴巴的样儿,显然很怕她的丈夫,她爱插嘴,夸她丈夫聪明机灵、事无巨细,什么都亲自过问。不过,夸得很不得体。

"他样样都拿得起，样样都拿得起！"她说。惹得迪洪·伊里奇立即粗暴地打断她的话。像这样聊了一小时，库兹玛便想回庄园了。回去路上想起迪洪阴沉凶恶的脸，想起他的闭塞、多疑和唠唠叨叨，不由自言自语："他疯了，准是发疯了！"于是库兹玛一个劲催促科舍利，催促辕马快跑，恨不得立即躲进他的小屋，躲进他的孤独，躲进冰冷冷的旧大衣……

圣诞节期间，巴索夫村的伊万努什卡找到库兹玛的门上来。他是个旧式的庄稼汉，过去力大过人，如今年老变傻了，这么个壮汉，如今腰弯得像马，再也抬不起他那头发蓬松的脑袋，走起路来脚尖向里。一八九二年霍乱流行，伊万努什卡一大家子都死光了，只剩下一个在外当兵的儿子。如今儿子在离杜尔诺夫卡村不远的铁道上当看路工。伊万努什卡本可以在儿子那儿度过余生，可他宁愿外出流浪讨饭。他左手拿着帽子和棍子，右手拎着个口袋，顶着雪花蹒跚着走家串户。不知道为什么，每家的看门狗都不咬他。他走进屋，说了句"愿上帝赐福主人"，便坐到了墙边的地板上。库兹玛放下书，惊奇地、怯怯地从夹鼻眼镜上方打量他，就像打量草原上的一头野兽，他怎么会奇怪闯进屋来的。新媳妇轻移脚步迎了出来，默默地垂着眼帘，漾起亲切的微笑，给了伊万努什卡一碗炖土豆，一大块面包，面包上还撒了盐，然后倚在门框上。她穿着树皮鞋，肩膀宽阔厚实，美丽的乳白色脸蛋透着农民特有的质朴敦厚。她称伊万努什卡为爷爷看来是最自然不过的了。她微笑着，她只对伊万努什卡一人微笑——轻声说道：
"吃呀，吃呀，爷爷。"

他从声音里就听出了她的好意，并不抬头，只是低声哼哼作为回答，有时嘟囔一句："主保佑你，好孙女。"用他像爪子一样的手在胸前画了一个大大的十字，随即狼吞虎咽起来。他那不像是长在人脑袋上的又浓又密乱成堆的棕色硬发里的雪冰凌开始融化了，树皮鞋也在淌水，淌得地板上都是。破烂的棕呢上衣和里面的肮脏麻布衬衫也散发着油烟味。由于常年劳累，一双手变了形，手指拢不到一块，抓土豆都觉得困难。

"单穿这么一件呢上衣,大概很冷吧?"库兹玛大声问。

伊万努什卡想了好一会儿,终于明白了问话。

"有啥冷的?"他一字一顿地说,"一点儿也不冷……从前可冷多了。"

"最好仰起你的头,理一理你的头发!"

伊万努什卡慢慢地摇着头回答:

"如今头抬不起来啦,老往下坠……"

他带着呆滞的笑容,力图抬起可怕的毛茸茸的脸和缩成了一条线的小眼睛。

吃饱后他舒了口气,画个十字,把落在膝上的面包屑扫拢,捡进嘴里,随后在身边摸索——找他的口袋、木棍和帽子。找到后他安下了心,这才打开话匣子。他搭话,只是因为库兹玛和新媳妇问他,若不然,他可以坐上整整一天闭口无言。他回答时仿佛身在梦中,离这儿很远的地方。他讲述老八辈子的神话,诸如披金戴银的沙皇不吃鱼,因为鱼"太咸";说伊利亚捅破了天,结果自己反倒跌落地上,因为他"太沉";说施洗约翰生下来浑身是毛,跟羊一样,给人施洗的时候,用铁拐敲受洗人的脑袋,为的是叫受洗者"醒过来";说任何一匹马一年都会有一次在八月十八日马节的时候整死一个人;说从前黑麦长得那么茂密,连人都没法钻过去,那时一人一天能割两俄亩;他有过一匹马,力大无穷,性子刚烈,只得用链子拴住它;六十年前他有副车辕被人偷了,那车辕即使出他两卢布他也不卖……他坚信他全家不是死于霍乱病,而是遭了火灾后搬进新屋前没先让公鸡宿一宵,他和他儿子没给人烧死全出于偶然:那天父子俩睡在谷棚……看看天快黑了,伊万努什卡站起来就走,不管外面是什么天气,也不听别人怎么劝说他留下来过夜……后来他得了重感冒,一病不起,主显节前死在他儿子的岗亭里。儿子劝他领圣餐,伊万努什卡不同意,他说领了圣餐就注定非死不可了,他打定主意在死神面前"不服软"。他接连几天神志迷糊,躺在床上说胡话,嘱咐儿媳妇说:如果死神来敲门,就说他不在家。夜里,有一次他清醒了过来,便挣扎着下了火坑,跪到长明灯照着的圣像面前,喘着气喃喃好久,一再说:"主啊,赦免儿的罪吧……"后来他陷入沉思,不言不语,头抵在地上。但,他突然站了起来,坚决地说:"不,我绝不认输!"第二天早上,他见儿媳妇在下饺子,炉火旺旺的……

"是给我准备后事吗?"他问,声音打战。

儿媳妇不做声。他又挣扎着下了炉坑,走进穿堂一瞧:果然,墙边放着一口青莲色大棺材,上面还刻有箭头形十字架。于是他想起三十年前他邻居卢基扬的事。老头卢基扬病得快死了,所以给他买了口用上好材料做的价钱很贵的棺木,又从城里买了面粉、伏特加酒、咸鲈鱼。可是卢基扬的病后来又好了,那棺材怎么办呢?钱岂不是白花了?后来家里人就这事把卢基扬数叨了五年,把他活活数叨死了……伊万努什卡想到这儿也就低下头,乖乖回屋去了。到了晚上,仰卧炕床上难以自持,用颤抖的哀怨声唱起歌来,声音越来越低,越来越低,骤地膝盖打哆嗦,出不了声,他高高挺起胸,叹了口气,从张开的嘴唇间涌出一团泡沫,就此不再动弹了……

伊万努什卡害得库兹玛病了几乎一个月。主显节早晨,天寒地冻,连鸟也飞不起来,可库兹玛连一双毡靴也没有。尽管如此,他还是去看望死者。伊万努什卡已被换上干净的麻布衬衣,僵硬了的双手交叉在巨大的胸膛下方。八十年来沉重的原始劳动使他手上长满茧子,变得扭曲粗糙,令人惨不忍睹,库兹玛连忙移开眼睛,而伊万努什卡的头发和那张和善的僵脸他更加不敢去看,连忙盖上细白布。为了暖身子,库兹玛喝了些伏特加,又在烧红的炉子旁坐了会儿。岗亭内非常暖和,像过节般收拾得干干净净。青莲色棺材上覆盖着一块细棉殓布。在它上方,蜡烛忽忽悠悠的金光照着墙角里变黑了的圣像和一幅色彩鲜艳的《约瑟被兄长出卖图》。勤快的主妇将炉叉上一口特重的铁锅轻巧地挪进到火上炖烤并兴致勃勃地谈论公家的木柴,还劝说客人留下等她丈夫从村里回来。酒性像毒液似的在库兹玛冻僵的躯体里发作了,人跟犯了寒热病似的,泪水无缘无故地涌上眼睛……库兹玛没等暖和过来便坐上雪橇,沿着雪野起伏不平的路去他哥哥迪洪·伊里奇家了。马撒腿往前奔跑,在它卷曲的鬃毛上粘满了霜花,从脾脏里不断发出打嗝的声音,鼻孔里冒出灰白色蒸气。雪橇的前挡板发出很大的响声,底下的两根铁滑竿吱扭吱扭地滑过坚硬的积雪。在库兹玛身后,即将落下去的太阳在一团浓雾中变成了黄色的。而在他前面,扑面而来的北风让他透不过气。路标铺上一层厚厚的霜花,小麻雀在马前忽然飞起,忽而飞到滑溜溜的路上啄食冻粪。库兹玛从白花花的睫毛底下瞧着它们,觉得他冻僵了的脸加上他的雪白胡子准像圣诞老人……太阳已有一半落了下去,起伏不平的雪野在橙黄色的夕辉下泛着死沉沉的青绿,土岗坡投下了一条条阴影……库兹玛突然改变了主意,掉转马头,回他自己的住所。太阳完全落下去了,住房紧闭的灰窗玻璃映着昏黄的暮色,庄园处在一片朦胧之中,空落落,冷森森。朝果园的窗子旁挂着的那个鸟笼里,红巾雀松开羽毛,两脚朝天,鼓起嗉囊死了。

"完了!"库兹玛说着把红巾雀扔出窗外。

在这凄凉的黄昏,在这草原的严冬,冰雪覆盖、与世隔绝的杜尔诺夫卡突然使他感到恐怖。当然恐怖!滚烫的脑袋千斤重,他这一躺下,将再也起不来了……新媳妇手里提个桶,踩着积雪走近台阶,她脚上的树皮鞋发出吱吱声。

"我生病了,杜妞什卡!"库兹玛亲切地说,满心想听到她的安慰话。

但新媳妇漠不关心,只冷冷回答:

"要给你送来茶饮吗?"

甚至没问他生的什么病,也没问起伊万努什卡……库兹玛跨进他黑通通的房间,往沙发上一躺,全身打战,他着急地想:如何是好,上哪儿解手呢……接下来,他渐渐失去了神志,黄昏和黑夜,黑夜和白天连成一片,分不清了……

头天夜里，三点钟左右他清醒过来一次，用拳头敲了敲墙壁，企图要点儿水喝。在睡梦中渴得要命，并苦苦想着红巾雀到底扔了没有。敲了半天没人答应——新媳妇搬下房去睡了。库兹玛想到自己病得这么厉害，如同身处坟墓般孤独，这么说，发散着冰雪、麦秆和马轭气味的前室是空的。这么说，只他这个病人无依无靠地独自躺在冰冷漆黑的屋子里，只有灰玻璃窗在这漫漫冬夜死一般的寂静中透着朦胧的光，窗前挂个无用的鸟笼！

"主啊，求你救助我，怜悯我！主啊，求你哪怕给我稍稍一点儿帮助！"他喃喃地起身，用哆嗦的手搜索衣服口袋，想划亮根火柴。其实他的低语是发烧的胡话，滚烫的脑袋在嗡嗡响，手脚冰冰凉……

克拉莎，他的宝贝女儿来了，她迅速推开门，坐进沙发旁的椅子，将他的头扶到枕头上……她穿得像位小姐——天鹅绒皮大衣，白狐皮帽和暖手筒——手上洒了香水，眸子亮晶晶的，脸冻得红红……"啊，多好，总算一切都解脱了！"有人在悄声说。但不好的是不知为什么克拉莎不点亮灯，此番不是来看他，而是来给伊万努什卡送葬的……忽地伴着吉他有人用低音唱道："哈兹布拉赫是个棒小伙，你的小屋可太破……"

库兹玛发病之初心情郁闷到极点，因此胡思乱想，一会儿想红巾雀，一会儿想克拉莎，一会儿想沃龙涅什。但即使处于神志迷糊状态也念念不忘要跟什么人说说，哪怕答应他一件事：别把他葬在科洛捷兹。但是，我的上帝，企盼杜尔诺夫卡的人发慈悲岂不是白日做梦！有次早上，他清醒过来时外屋正好在烧炉子，科舍利和新媳妇谈话时那种平平常常、不急不忙的语调在他听来是如此无情和陌生。健康人的日常生活在病人看来都是无情、陌生、奇怪的。他想叫唤，想请他们送茶饮，就是说不出话来。他听见科舍利在气愤地低语。当然是在说他这个病人。新媳妇则有一句没一句地回答。

"去他的吧，死了埋掉不就得了……"

后来夕阳从光秃秃的槐树枝丫间照进窗来，室内缭绕着白色的烟雾，床头坐了个老医生，身上发散着寒气和药味儿，他正在抹去胡子上的冰碴。桌上，茶饮里的水在沸腾，高高的、满头白发的、表情严厉的迪洪·伊里奇站在桌旁沏着香喷喷的茶。医生在谈他的牛、面粉价和肉价，迪洪·伊里奇则在讲述他如何体面地办了纳斯塔斯雅·彼得洛瓦娜的丧事，现在终于找到了杜尔诺夫卡庄园的买主，为此感到高兴。库兹玛知道纳斯塔斯雅·彼得洛瓦娜暴毙在去车站的路上，迪洪·伊里奇刚从城里回来，在那儿花了很大一笔安葬费，知道他已拿到杜尔诺夫卡庄园买主付的订金，如今心定了……

有一次他醒来已经很晚，坐下喝茶的时候感到浑身无力。天色阴沉，不太冷。不久前下了场厚厚的新雪。雪地上印着树皮鞋走过的八字形脚印。那是谢雷从窗下走过时留下的。经过时，几只牧羊犬嗅着他的破衣服，围着他打转。他牵了匹草黄色马。说是高头大马，但又老又瘦，已不成个样，肩胛被马轭磨破，脊梁也被打伤，马尾只剩了稀稀拉拉几根脏毛。那马用三条腿跛着走路，第四条腿膝盖以下骨折了，只好拖着。库兹玛记起，迪洪·伊里奇来到后第三天，吩咐谢雷挑一匹老马宰掉给牧羊犬打牙祭。谢雷早先干过这事，为的是好赚张死马皮。据迪洪·伊里奇说，谢雷不久前差点儿送了命：谢雷宰一匹马时，忘了在马脚上拴绊索，只将马头捆住，让马头偏过一边。他画了十字，拿尖刀刺进马锁骨旁的血管。马发出一声尖厉的嘶鸣，黑血泉涌似的喷洒到雪地上，由于疼痛和狂怒龇着黄牙，冲向杀害它的凶手，像人那样在他身后追了好久，"幸亏积雪深，否则准被它追上……"这件事让库兹玛吃惊不小。他朝窗子看了一眼，觉得双腿像石头般沉重，喝了些热茶这才缓过来。他坐了会儿，抽了会儿烟……最后站起身走进外房。窗上的霜花已经融化。他瞧了瞧窗外光秃秃的果园。树林间白皑皑的雪地上丢着剥去了皮的血淋淋的马的尸首，包括很大的肋骨，细长的马脖和马头。一群狗正用爪子按住尸体，贪婪地撕肠扯肚。两只青黑色乌鸦蹦蹦跳跳想接近马头，但狗向着它们扑去，乌鸦扑棱棱飞了开去，随后又落到洁白的雪地上。库兹玛想到："伊万努什卡，谢雷，乌鸦……

主啊，救救我，带我离开这儿吧！"

库兹玛病了很久，想到春天即将到来，心里既快乐又忧伤。但愿快点儿离开这杜尔诺夫卡吧！他知道，冬天虽然还不见尽头，但已经开始解冻了。二月的第一个星期阴暗多雾，雾气遮盖着田野，消融着积雪。村子变成黑色的，肮脏的雪堆之间都是一汪汪化了的雪水。一次，区警察局长骑马从村里走过，身上溅满马粪。听得见公鸡在叫。从通风管里吹进令人亢奋的春天潮气……活下去，活下去！等春天来临，搬进城里。活下去，顺从命运的安排，随便找个事做，只要糊口就行……当然跟哥哥一块过——不管他为人如何，说什么也是哥哥。哥哥早就劝他这有病之人迁居沃尔戈尔。

"我能把你赶到哪儿去，"迪洪想了想说，"三月一日我将把店面连旧房子交到别人手里。咱们一块去城里吧，弟弟，离这帮穷凶极恶的人越远越好！"

不假，真的穷凶极恶，岗上寡妇来串门的时候详详细细讲了谢雷的新闻。杰尼斯卡从图拉回来后，歇着无事可做，向乡邻们闲扯说他快要娶亲，手头即将有钱，过上一流生活了。乡邻起初认为这是说瞎话，后来从杰尼斯卡的暗示中悟到了是怎么回事，也就深信不疑。谢雷也信了这话，开始巴结起儿子。他剥下马皮，从迪洪·伊里奇那里拿到一卢布，再把马皮卖了一卢布以后，得意非凡，喝起了老酒。喝了两天酒，丢失了烟斗，躺在炉台上不起来了。他头痛，要抽烟没有了烟斗，便撕下糊房顶的纸卷烟。那是杰尼斯卡用报纸和各式各样的画片糊上的。当然，他是偷偷撕的。但是还是被杰尼斯卡发现，大骂一顿。谢雷喝了点儿酒，也扯起嗓门嚷嚷。杰尼斯卡把他拖下炉台毒打，若不是邻居赶来……不过，库兹玛想，迪洪·伊里奇发疯似的硬拉新媳妇与杰尼斯卡这穷凶极恶的人结婚，难道就不穷凶极恶？

库兹玛听到这件婚事之初，曾决心加以阻止，这太可怕，太荒唐了！

稍后，当他病中一度清醒，想起这件荒唐事却又高兴。新媳妇对他这个病人的态度冷淡得叫他受不了。"畜生，野人！"想到那件婚事，他又狠狠地加一句："好极了！她就配这样！"现在他已病愈，怜惜也罢，愤恨也罢，全都化为乌有。有一回，他跟新媳妇谈到迪洪·伊里奇出的这个主意，她平静地回答道：

"是的，迪洪·伊里奇曾跟我提过，愿上帝保佑他健康，他这主意出得好。"

"出得好？"库兹玛备感惊讶。

新媳妇看了看他，摇摇头说：

"有什么不好？你真古怪，库兹玛·伊里奇！他答应出钱，他包揽办喜事的费用……给我的男人不是老光棍，是年轻的，手脚不残，没老掉牙，不是酒鬼……"

"可是他游手好闲，好打架，是个十足的二流子……"库兹玛又道。

新媳妇垂下眼帘，沉默了会儿，叹口气转身朝门口走去。

"你爱咋办就咋办……你回绝得啦……随便你！"她的声音在颤抖。

库兹玛睁大眼睛叫喊：

"等等别走，你疯了！难道我想坑害你？"

新媳妇回身站住。

"可不是坑害？"她激烈地粗鲁地说，眼圈都红了，"你说我该上哪儿去？一辈子在别人家讨生活？捡别人吃剩的？像没家的叫花子到处游荡？或者就找一个老光棍？我这份罪还没受够？"

她说不下去，"哇"的一声哭了，掩门而去。晚上，库兹玛向她一再解释说他并不想破坏这门婚事，她这才相信，亲切地、羞涩地一笑。

"那谢谢你了。"这样的温柔语调她只对伊万努什卡用过。

不过，睫毛上却又闪烁起泪花，使库兹玛再次感到惊讶。

"这又是为什么？"

新媳妇轻声答道：

"也许跟杰尼斯卡过也不见得有多好……"

科舍利从邮局取来的报纸，几乎是一个半月前的了。天阴多雾。库兹玛从早到晚坐在窗下读报。最近发生的"暗杀事件"和绞刑多得让他瞠目结舌。如粉如沙的白雪斜斜地落到黑色的穷山村里、坑坑洼洼的泥泞道路和马粪上、冰上、水上。暮霭遮住了田野……

"阿夫多季娅！"库兹玛站起身来叫唤，"告诉科舍利套爬犁！"

迪洪·伊里奇穿件斜开领印花布衫，衬托着他的黑脸膛，白胡子，紧锁的灰眉和高大健壮的身躯，正在家煮茶。

"啊，好弟弟！"他亲切地叫道，但两道眉毛并未由此舒展，"从窝里出来啦？小心，你身子还没养好。"

"闷得慌，哥哥。"库兹玛一边与他亲脸一边说。

"既然闷得慌，那就来烤烤火，说会儿话……"

两人互相询问最近的新闻，接着默默地喝茶、抽烟。

"你瘦多了，弟弟！"迪洪·伊里奇猛吸了口烟，从睫毛下瞧着库兹玛说。

"你是我，也会瘦的，"库兹玛轻声回答，"你读报了没有？"

迪洪·伊里奇冷冷一笑。

"读那些胡说八道？不，上帝保佑。"

"你可知道，绞死了那么多人。"

"绞死了，活该……你没听说什里茨村贝科夫兄弟的事？……贝科夫兄弟俩像咱们这样坐着，正在走棋……突然……咋回事？台阶上响起脚步声，有人叫喊：'开门！'贝科夫哥俩还没来得及眨眼，他们的一个雇工，模样像谢雷的汉子冲了进来，后面还跟着两个无赖，也就是老话说的二流子……各个手拿铁棍。他们举棍大喊：'举起手来，你妈的！'哥俩一惊，骤地站起来问道：'怎么的？'可雇工仍一个劲地喊：'举起手来，举起手来!'"

说到这儿,迪洪·伊里奇苦笑了笑,默默地沉思起来,不言语了。

"你把话说完嘛。"库兹玛说道。

"还有什么好说的……当然,兄弟俩把手举了起来,问:'你们要干吗?''把火腿交出来!你那钥匙在哪儿?''狗崽子,你能不知道?不就在门框的钉子上挂着……'"

"他俩举着手说的吗?"库兹玛插话道。

"当然,举着手……眼下是该收拾这些叫人举手的家伙了!当然,非绞死不可。已经把这些好汉投进牢里……"

"为一条火腿就绞死?"

"不,为的是他们太蠢,求主赦免我这罪,"迪洪·伊里奇半开玩笑半认真地说道,"你呀,还追随巴拉什金不舍,上帝保佑你,该回头了!……"

库兹玛捋捋花白胡子,镜子里映出他那经受过患难的消瘦的脸庞,哀怨的眼睛和挑起的左眉。他低声附和哥哥说:

"我死死追随?不,该回头了……早该回头了……"

迪洪·伊里奇把话题转到买卖上,但,才说一半,突然停下来寻思,大概是因为他记起了一件更重要的事。

"我已向杰尼斯卡说了,叫他尽早办喜事。"他一边捏一些茶叶投入壶中,一边毫不含糊地一字一顿地说,"弟弟,我请你出面办这喜事。你知道,我去不方便。办完后就搬到我这儿来。喜事要办得有模有样!我们既然决定全部扔掉,再待在那儿就没意思了。分两处就要两份开销。你搬来后咱俩有福同享,有难同当,把这些累赘一股脑儿抛开,上帝保佑,进城做粮食买卖。这么个小地方,施展不了手脚。一走了之,让它见鬼去,我可不在这里等死!"他竖起眉毛,伸出手,紧握拳头,"嘿,等着瞧吧,要想撂倒我还早哩!魔鬼头上的角我也能拧下来!"

库兹玛惊恐地看着他那一动不动的疯狂眼睛和因发狂变得歪斜的嘴,

听着他咬牙切齿的气势默不做声。后来问道：

"哥哥，看在基督的面上告诉我，这桩婚事对你有什么好处？我不明白，上帝做证，真不明白，你那个杰尼斯卡我见到就恶心。那是个新式的怪物，新俄罗斯新孕育出来的。他比旧的更可恶。你别看他腼腆，多情，没有坏心计，其实是最无耻的畜生！他乱说什么我跟新媳妇同居……"

"你可真是说话没准儿，"迪洪·伊里奇蹙眉打断了他的话，"你总嚷嚷：可怜的人民，可怜的人民！如今却说他是畜生！"

"是的，我是这么说，还要这么说，"库兹玛激动地接茬，"可我现在糊涂了，压根不明白到底是可怜呢还是……瞧，你自己也恨透了这杰尼斯卡。你们彼此憎恨，他叫你豺狼，'咬着人民的喉管不放'；你也骂他是豺狼！他厚颜无耻地在村子里自吹，说他现在成了国王的亲家……"

"我都知道！"迪洪·伊里奇再次打断他的话。

"你知道他怎么说新媳妇吗？"库兹玛不理会哥哥，顾自往下说，"新媳妇的脸白净，他那畜生，你知道他怎么说？'这小娘像棵小白菜，鲜嫩鲜嫩的，谁吃谁美！'还有，你要知道，他是不会在农村待长的。你用套马索也拉不住这个二流子！他哪儿像过日子的人，哪儿像一家之主？昨天我听见他在村里一边走一边油腔滑调地唱：'像天使一样美，像恶魔一样狡猾……'"

"我知道！"迪洪·伊里奇嚷道，"他不会待在农村的，绝对不会。让他见鬼去得了！至于说他不是个当家人，咱俩也不是什么好当家！我记得，那次在酒馆跟你谈正事儿，你却听鹌鹑叫……后来呢？后来呢？"

"后来怎么啦？这跟鹌鹑叫有什么关系？"库兹玛问。

迪洪·伊里奇用手指弹着桌子，一字一句厉声说：

"你悲天悯人，其实是竹篮打水一场空——白费力气。一言既出，绝不悔改。我说到做到。我不打算烧香赎罪，宁可做件好事，即使只做一件，上帝也会记在账上的。"

库兹玛从座椅上跳起来，高声辩道：

"我们哪儿有上帝？杰尼斯卡、阿基姆、梅尼绍夫、谢雷、你、我，哪儿有上帝？"

"慢着，"迪洪·伊里奇说，"哪个阿基姆？"

"我病在床上时，"库兹玛不搭理，顾自说，"有过几回想到上帝？我想的只是：我不理解上帝，也不会想念上帝！我没调教好！"

他以游移不定的痛苦目光环视四周，把衣服扣子解开又扣上，在屋里走了一圈，最后在迪洪·伊里奇面前站定。

"你记住，哥哥，"他说，这时双颊都涨红了，"咱俩已经活到头，烧什么香也救不了你我。你听见了吗？咱们是杜尔诺夫卡人！"

他激动得说不下去了，因此干脆不言语。迪洪·伊里奇又想起了什么事来，突然同意道：

"说得对，都是不中用的人！你只要想想……"

新的想法使他又来了劲：

"你只要想想，种地种了一千年，不，时间还要长，但怎么个种法，没一个人知道。单单侍弄土地的事也干不好。不知道什么时候翻地，什么时候撒种，什么时候收割。'别人咋种，咱就咋种。'——就此而已，你瞧！"他竖起眉毛，也像库兹玛一样高声重复："'别人咋种，咱咋种！'没一个婆娘能烤好面包，烤出的面包净掉皮，皮下面是酸水！"

库兹玛听罢茫然。

"哥哥疯了！"他直愣愣地看着哥哥点灯，心下暗想。

但迪洪·伊里奇没等他反应过来，又激烈地往下说：

"人民！言语下流，好吃懒做，开口就扯谎，不知廉耻，谁也不信谁！"他大声嚷嚷，不顾点燃的灯光直冒火苗，黑烟几乎冲到天花板上，"不光不信咱们，彼此都不信，全是一个样，全是！"他像哭似的叫喊，"噗"的一声把灯罩罩住油灯。

窗外天色暗蓝，新雪飘飘散散地落到地上、水洼上。库兹玛不做一声，单看着哥哥。谈话意外地来了个大转折，库兹玛的火气不由顷刻无影无踪。他再不知说什么的好，单单看着他哥哥愤怒的眼睛。

"哥哥准疯了，"他绝望地想，"现在不疯早晚也得疯，路只有一条。"

迪洪·伊里奇点上支烟，心开始慢慢平静。他坐下，瞧着灯火，说话也是轻轻的了：

"你说话不离'杰尼斯卡，杰尼斯卡'……你没听说马卡尔·伊万诺维奇，那个游僧干了啥？给逮起来了。他跟他那搭档拦路抢了一个女人，拉到克柳奇莫的更房里强奸了四天……轮番上……现在关进了牢房……"

"迪洪·伊里奇，"库兹玛温和地说，"你何必说那些不相干的事？干吗这样？你大概病了。一会儿说东，一会儿道西……酒喝多了？"

迪洪·伊里奇不吱声。他只摆了摆手，注视灯火的眼睛里滚动着泪珠。

"喝上酒了？"库兹玛又轻声问。

"喝上了，"迪洪·伊里奇轻声回答，"如果换了我，你也会喝上的！你以为我这金笼子得来容易？你以为我这辈子活得轻松，像只拴着的公狗，而且还搭上个老太婆？弟弟，我没有可怜过谁，可谁也没可怜过我！你以为我不知道他们怎样恨我吗？如果这伙庄稼汉在革命中得势，他们会让我好死？让他们等着吧，待到有朝一日，看我们不把他们一个个统统杀光！"

"哪怕只是为了一条火腿？"库兹玛问。

"这倒不一定，"迪洪·伊里奇苦笑道，"我只是随便说说的。"

"现在就在绞死人呢！"

"这不关咱们的事。他们要对上帝负责。"

接着他紧缩双眉，闭上眼睛沉思。

"唉！"他深深叹了口气，"唉，我亲爱的弟弟！咱们也很快到上帝宝座前接受审判了！晚上我常常读圣礼书，一边读一边哭。真叫人惊奇，这些感人的词句是怎么想出来的！你等着，我读一段给你听听……"

他迅速站起来，从镜子背后拿出一本教堂出版的厚书，用哆嗦的手戴上眼镜，含泪诵读，匆匆地，怕被别人打岔。

"每想到死，棺材里躺着上帝按他自己模样创造出的美丽人体失去原来的形象，闭上了炯炯发亮的眼睛，我便哭泣，我便哀号……

"浮生如梦，年华如箭，今生一切劳碌均为空虚。经文上写着：我们赢得了世界，却赔了性命。帝王和乞丐同归于土……"

"帝王和乞丐，"迪洪·伊里奇摇头哀叹，"一辈子就这么完蛋了，弟弟！从前我有个哑巴厨娘，我送那呆婆娘一条进口头巾，可她翻来覆去地光拿着看……平时舍不得戴，说要到过节的时候再戴。等到过节，一瞧，头巾朽成破布条了……我这一辈子也是这样，丝毫不差！"

库兹玛回到杜尔诺夫卡后感觉到说不出的苦闷。在这样的苦闷中他度过了在杜尔诺夫卡的最后一段时日。

那些日子一直下雪。谢雷一家恰恰等着雪把道路铺平，好办喜事。

二月十日傍晚时分，在昏暗寒冷的外室里有过一场压低声音的谈话。炉旁站着新媳妇，黑豌豆花黄头巾直蒙在前额上，垂眼凝视脚上的树皮鞋。短腿的杰尼斯卡站在门口，没戴帽子，沉甸甸的呢子上衣从他肩头耷拉下来。他也垂着眼睛，但看的是拿在手里把玩的靴子，这靴子是新媳妇要他钉掌的，杰尼斯卡钉好了掌，现在来要五戈比工钱。

"我没钱，"新媳妇说道，"库兹玛·伊里奇兴许已经睡着了，你等明天来取吧。"

"我可等不及。"杰尼斯卡回答，用手指甲抠着靴掌，像是在打什么主意。

"那怎么办？"

杰尼斯卡想了想，叹口气，晃晃头发浓密的脑袋，突然仰起头来。

"何必说话绕弯子，"他大声地、干脆地说，眼不看新媳妇，暗暗下劲挣脱他那份羞涩，"迪洪·伊里奇跟你谈过了吗？"

"谈过，"新媳妇回道，"听得我都烦了。"

"那我现在叫我父亲一块儿来，反正他，库兹玛·伊里奇，该起来喝茶了……"

新媳妇想了想。

"随便你……"

杰尼斯卡把靴子扔到阳台上，没再提钱的事就走了。过了半个钟头，听见台阶上有人跺脚，跺去树皮鞋上沾的雪。原来杰尼斯卡和父亲谢雷一同到来，不知什么缘故，谢雷腰间还缠了条红带。

库兹玛出来迎接。杰尼斯卡和谢雷父子俩朝黑暗的墙角久久地礼拜，画十字，最后仰起头来，谢雷不慌不忙地开口说：

"不是媒人也是好人！"他的话从来也没有这样洒脱、得体，"你嫁闺女，我娶儿媳，两下说合，造福小辈。"

说罢郑重其事地深鞠一躬。

库兹玛强忍苦笑，嘱咐去叫新媳妇。

"你去找她。"谢雷就像在教堂里那样压低嗓门对杰尼斯卡说。

"我在这儿哩。"新媳妇离开炉子，从门后走了出来，朝谢雷一鞠躬。

大家一时无语。茶饮的炉壁烧得通红，炉身里的水咕嘟咕嘟开着。暗中谁的脸也看不清楚。

"好啦，女儿，由你决定吧。"库兹玛笑笑说。

新媳妇想了想。

"这小伙子我没挑的……"

"你呢，杰尼斯卡？"

杰尼斯卡也沉默了会儿。

"行啊，反正早晚要娶……上帝有眼，咱们这亲事算是定了……"

两个媒人相互道了喜。茶饮搬进了下房。岗上寡妇最先听到消息赶来，在下房点亮灯，打发科舍利去打酒买葵花子，然后安排未婚夫妇坐到圣像

下边,给他俩斟上茶,她则陪坐在谢雷一侧,又为了打破拘束场面,她瞧了瞧杰尼斯卡的灰土脸和短粗腿,尖起嗓子唱道:

年轻小伙正当年,
路过我家小花园,
一表人才长得俊,
翠绿丛中白净脸……

第二天大家听谢雷讲起这顿订婚宴,没有一个不笑的,还给他出主意:"你怎么也得帮小两口张罗一下!"科舍利也说道:"小两口刚开始过好日子,该帮年轻人一把。"谢雷默默回家拿来两口铁锅,一团线。拿来的时候新媳妇正在外房烫衣服。

"好儿媳,"他不好意思地说,"这是你婆婆叫送来的,兴许能派上用……咱家没啥,要有,能藏得住吗?"

新媳妇鞠了一躬,道了谢。她在熨一块迪洪·伊里奇送来充当婚礼头纱用的窗幔,眼睛红红的、湿漉漉的。谢雷想安慰几句,说他自己"也不容易",但迟迟疑疑没敢出口,只叹口气,把铁锅放到窗台上,转身就往外走。

"那线团我搁在铁锅里啦。"他补上一句。

"谢谢了,爹。"新媳妇又一次表示感谢,声音那么温柔,只对伊万努什卡说话才用这样的口气。谢雷一走,她忽地讥讽地一笑,唱了起来,"有个小伙正当年……"

库兹玛从大客厅里探头进来,从夹鼻眼镜上方瞪她一眼。她不做声了。

"你听着,是不是退了这桩婚事的好?"库兹玛说。

"已经晚了,"新媳妇低声回答,"丢脸也丢出去了……谁不知道喜酒是花谁的钱?再说,钱已经花出去了……"

库兹玛无可奈何地耸耸肩。是的，迪洪·伊里奇派人送来了窗幔，还有二十五卢布，一袋上等白面，一袋小米，一头架子猪……但总不能因为宰了一头猪，就把自己毁了呀！

"唉，别再说叫我难受的话了！'丢脸，花钱'……难道你比猪肉贱？"库兹玛说。

"贱也罢，不贱也罢，人死了不能活过来。"新媳妇说得简单干脆。她叹息一声，仔仔细细熨平还有余温的窗幔，"过会儿就开饭吗？"

她的脸又显出若无其事的样儿："得啦，反正覆水难收了！"库兹玛想了想，说：

"你看着办吧……"

吃过饭，他一边抽烟，一边眺望窗外。天渐渐黑了。他知道，下房里已烤好当"花点心"的黑麦小面包，现在还在做两锅肉冻，一锅面条，一锅汤，一锅荞麦粥，而且都带肉。谢雷也在粮仓和草棚之间忙碌。土墩子上，在苍茫暮色中闪烁着麦秆燃起的橘黄火光，那里在把杀死的猪放到火上燎毛。火的四周围着一群牧羊犬，正等着饱餐一顿，白色狗脸和白胸在火光映照下成了粉红色。谢雷一脚深一脚浅地踩着积雪，忽而拨旺火堆，忽而转身赶狗。他把上衣下摆撩起，塞在腰带底下，把帽子推到后脑勺上，右手拿把明亮亮的杀猪刀，火光投下他扭动的巨大身影，活脱脱像个巫师。

岗上寡妇从粮仓旁一闪而过，消失在土墩后面的小径上了——她去村子召集姑娘们给婚礼助兴，并向多马什卡借枞树。多马什卡的这棵枞树藏在地窖里，但凡姑娘出嫁前夕，女友们举行离别晚会，都向她借用。库兹玛梳理了一下头发，脱下两肘处磨破了的呢上衣，换上他那件珍藏好久的长礼服，走上台阶。台阶上铺满白白的雪花。这时，在淡淡的暮霭中，下房的窗子亮着灯光，窗前黑压压的一大群姑娘、小伙还有孩子。但听得一片喧哗，说的说，喊的喊，三架手风琴同时演奏，却又各奏各的调。库兹玛弯起身，两手扳弄着手节骨，挤过人群一头钻进门过道。门过道里也挤满了人。孩子们从脚缝间往里面的门钻,大人们揪住他们的脖子推出屋去,但他们没过会儿又往里边溜……

"看在上帝的面上,让他们进来吧!"库兹玛说,他自己被挤到了门角落里。

他被挤得更紧了——原来是门向外拉开了。在一团热气中他跨过门槛,在门里停下。里面的人穿得体面些,姑娘们裹着花披巾,小伙子一身新。屋里充满毛呢衣料、皮短袄、煤油、烟草和松针的气味。那棵用大红布条披挂的翠绿小枞树被放在桌子上,枝丫直伸到昏暗的铁皮油灯的玻璃罩子上。围桌坐了一群前来助兴的姑娘。她们穿红戴绿,脸上胡乱涂了层胭脂,披着丝绒或者羊毛头巾,发鬓插上从公鸭身上拔下的五彩毛,亮起炯炯放光的眸子。窗玻璃在化冻淌水,墙壁湿得颜色发黑。库兹玛走进去的时候,多马什卡,这个黝黑脸蛋、乌黑眼睛、浓黑眉毛的跛脚姑娘——虽说黑,脸看上去既聪明又厉害,眼睛尖而锐利,两道黑眉毛连成一条线——正放开粗嗓门唱一首古老喜歌:

> 今天晚上,
> 姑娘欢聚一堂,
> 送阿芙多季娅去当新娘。

其余姑娘用不和谐的调子重复她最后一句歌词,脸对着按旧习俗坐在炉灶旁的新媳妇,她没来得及梳妆,头上还裹着黑披巾。为回答这首歌她应该大声地哭诉:"爹啊,我的亲人,把闺女嫁出门,敢情让她苦一生?"可是新媳妇不做声。于是姑娘们不满地交头接耳一阵子,皱着眉唱起了余音缭绕的《孤儿歌》:

> 澡堂子,热起来,

教堂的钟敲起来!

　库兹玛咬得紧紧的下巴在颤抖,从头到脚全身冰凉,双颊疼痛,泪水模糊了眼睛。新嫁娘把披巾裹紧身子,突然哆嗦着号啕大哭。
　"算了吧,姑娘们!"有人喊。
　但姑娘们全不理会,继续唱道:

　　教堂的钟响起来,
　　把我的亲爹叫起来……

　新媳妇呻吟着一会儿把头埋进两膝间,一会儿捂在双手里失声痛哭……人们扶起浑身哆嗦站立不稳的新媳妇,上隔壁的冷屋子梳妆去了。
　接下来是库兹玛为新娘祝福。新郎在雅科夫的儿子瓦西卡陪同下也来了。新郎穿了瓦西卡的靴子,头发已经理过,脖子刮得通红,身上套件花边蓝领衬衫。他用肥皂擦洗过脸,显得年轻多了,甚至样子也好看了。他自己也知道这点,所以满含歉意地垂下他那黑睫毛。伴郎瓦西卡穿着红衬衫,敞着罗曼诺夫式的短皮袄,进门严厉地瞅一眼给婚礼助兴的姑娘们,粗野地喊一声:"别嚷了!"然后按照礼俗说道:"出阁吧,出阁吧。"
　姑娘们齐声回答:
　"没有三人一伙盖不起房,没有四角撑不起顶,各个角落搁一卢布,中央再搁一卢布,另外加瓶酒。"
　瓦西卡从口袋掏出半俄升酒,放到桌上。姑娘取过,当即站起身来。人更挤了。门又开开,吹进一股冷风,升腾起一团热气,岗上寡妇捧着金箔圣像,推开众人走了进来。她后面跟着新娘,穿件带皱边的竹青连衣裙。众人发出惊叹:那么美,那么苍白,那么端庄!瓦西卡给一个头大肩宽像哈巴狗的短腿小男孩当额一个毛栗子,又把什么人的一件陈旧皮短袄扔到屋中央的麦秆上。新郎新娘在皮短袄上站定,库兹玛低头从岗上寡妇手中接过圣像,众人一下子静了下来,连那个好奇的大头男孩的喘气声也能听得见。新郎新娘同时跪倒在库兹玛脚前,磕了个头,站起来,跪下,又磕了一个。刹那间库兹玛和新媳妇的目光相遇,露出了恐惧的神色。库兹玛脸色煞白,暗暗想:"我现在就把圣像扔到地上……"但他还是不由自主地捧着圣像在空中画了一个十字。新娘亲吻圣像时触碰到了他的手。他把圣像交给旁边的人,抱住新媳妇的头,怀着一片父爱之情吻了她的新头巾,随之痛哭起来,泪水模糊了眼睛。他推开众人,走到过道里。雪花向他扑面而来,落满雪的门槛在黑暗中发白,风在屋面上呼啸——户外正刮大风雪。从小窗里射出的灯光像一道道烟柱,照在厚厚一层雪上……大风雪到第二天早晨也没停。茫茫一片,既不见杜尔诺夫卡,也不见岗上的风磨。天光有时放亮一阵子,接着又阴暗如晦。白色的果园整个都在簌簌作响,它和风的呼啸掺在一起,却又掩不住远方教堂的钟声。雪堆的尖顶上被挂起一团团雪雾。几只身披雪花的牧羊犬蹲在台阶上眯起眼,嗅着从下房烟道里吹出来的暖香。库兹玛好不容易才分辨出马和雪橇黑糊糊的影子,以及马铃铛的响声。新郎乘的雪橇套了两匹马。新娘乘的只套一匹。雪橇上铺着毛边毯。婚礼队的人都系彩色腰带。女的穿了棉皮袄,裹了围巾,小心翼翼地跨着碎步,一边向雪橇走去,一边还扭捏地说:"老天爷,什么都看不见啊!……"新娘也穿皮袄,不过她将竹青色连衣裙裙下摆撩起搭在戴纸花冠的头上,只坐在她的白衬裙上,为的是怕弄破裙子。她已哭得精疲力竭。浮现在库兹玛眼前的人影,耳边风雪的呼啸,人们的谈话,像过节似的叮当铃声对他而言都像是在梦中。马夹起耳朵,背过头。风吹散了谈笑和哭喊的声音,雪粘住了眼睛,染白了胡须和帽子,茫茫雪雾和昏暗使彼此都难看清楚。

"嘿,妈的,什么也看不清!"瓦西卡为避风低下脑袋,嘟囔着坐到新郎旁边,抄起马缰。

接着,他粗鲁地迎风大喊一声:

"老爷们,祝福新郎官去举行迎亲礼吧!"

有人应道:

"上帝祝福他……"

马铃铛叮当作响,雪橇板吱吱呀呀。雪橇过处扬起了一阵阵雪尘,马鬃毛和马尾被风刮向一边……

教堂更衣室炉火旺呀,煤气刺激着人的喉咙。大伙在等神父到来。教堂煤气很重,而且非常昏暗,因为外面正在刮大风雪,而教堂拱顶低,窗户又小,上面还装着防护网。只点着三支蜡烛,新郎新娘各拿一支,第三支拿在宽肩厚背穿黑袍的神父手里。神父弯身翻开一本滴了许多蜡油的本,透过镜片快速地念了起来。地上、靴子和树皮鞋带进来的雪化成了一摊摊水。不时有人开门,一阵阵冷风直透脊梁。神父严肃地敲敲门,又瞅瞅新郎新娘和他们身上的打扮,以及烛光照耀下温柔的面庞。神父习惯将祝酒词念得娓娓动听又感人肺腑,但他既没有思考词义,也不涉及任何人。

"至圣的上帝,万物的救世主……"他酣畅地念道,声音高低起伏,"你曾赐福于你的仆人亚伯拉罕使萨拉生育……把利白嫁给以撒为妻……让拉吉与雅谷同房……现在请赐福给你的仆人……"

想到这儿,他打断主祷文,却面不改色,转头悄悄厉声问诵经士:"叫什么名字呀?"听到回答"杰尼斯卡,阿芙多季娅……"后,又继续动人地说道:

"请赐给你的仆人杰尼斯卡和阿芙多季娅平安、长寿、贞洁……让他们多子多孙……为他们降下天上的甘露,给他们家里装满小麦、新酒、橄榄油……让他们的家像黎巴嫩雪松一样繁茂……"

但周围的人即使听懂他的话,也只会想到谢雷的家而不会想到亚伯拉罕和以撒的家,只知道杰尼斯卡而不知道黎巴嫩雪松。而杰尼斯卡,这个穿着靴子和外衣的短腿新郎,只觉得一动不动地顶着直压到耳根上缀有十字的钢制冠冕挺不自在。新娘戴上冠冕更显得美丽了,也更苍白了。她的手在颤抖,以致烛油滴到竹青裙子的皱边上……

黄昏时,风雪越来越紧,猛得吓人。回家路上人们拼命驾马快跑,万卡克拉斯内的大嗓门妻子站在第一辆雪橇上,像女巫跳神般挥舞手帕,迎着风雪,迎着模糊不清的夜色唱道,但雪花飞进她嘴巴,压制了她那狼嚎似的声音:

青灰色的鸽子呀,
有个金黄色小脑瓜!

莫斯科

1909 年 10 月